W I N G S ・ N O V E L

伯爵令嬢ですが駆け落ちしたので舞台女優になりました

渡海奈穂
Naho WATARUMI

新書館ウィングス文庫

S H I N S H O K A N

伯爵令嬢ですが駆け落ちしたので舞台女優になりました

目次

イラストレーション◆夏乃あゆみ

伯爵令嬢ですが駆け落ちしたので
舞台女優になりました

hakushakureijo desuga

kakeochi shitanode

butaijoyuni narimashita

1

エディス・ハントは最近眠る時に、花に埋《う》もれる夢をよく見た。

きっと割合長い間、本当に花に埋もれた状態で眠り続けていたからだろう。

「エディス様」

しっとりと温かく湿った空気に甘い花の香りが混じり、それはひどく心地のいい夢だった。

「エディス様、そろそろ、起きられた方がよろしいかと思いますが」

なのに素っ気《そけ》ない声に邪魔されて、夢が遠くなっていく。

「エディス様──奥様」

遠ざかる夢に未練を覚えながらゆるゆると覚醒しかけていたエディスは、奥様、という言葉にはっとなって、一気に目を覚ました。

「旦那様はすでに食堂にいらっしゃいます。お支度を手伝いますか？」

目を開ければ、エディスの視界に飛び込んで来るのは、声と同じくらい無愛想な表情の侍女《じじょ》兼、ハウスキーパー兼、コックも引き受けるカリンだ。

「いけない……寝坊しちゃったのね」

エディスは少し慌てて身を起こした。

長い髪は銀砂《ぎんしゃ》のように、肌は陶磁器《とうじき》のように、瞳は紫石英《アメジスト》のように輝く、社交界では『銀百合』と称されたハント伯爵家の令嬢——であったのは、すでに過去のことだ。

今のエディスは伯爵家の豪奢《ごうしゃ》なタウンハウスやカントリーハウスからはあまりにかけ離れたオンボロで小さな一軒家に暮らす、令嬢ではなく、そう、『奥様』だった。

「身支度は自分でできるわ。カリンは、ウィル……旦那様の方を」

旦那様、と言いながら、エディスは頬が熱くなるのを感じた。エディスが奥様で、ウィルフレッドが旦那様。つまり二人は夫婦というわけで。

(いえ、まだ何の手続きもしていないし、私たちが勝手にそう言い張っているだけなんだけど……でも)

駆け落ちした身分なので婚姻届を出すこともできないけれど、とにかくこの家で、この街で、エディスはウィルフレッドと夫婦として暮らしているのだ。

「旦那様のお支度は、お食事含めてすべて終わっています。あとは奥様がテーブルにつくだけですが」

舞い上がるエディスに対して、侍女の口調は極めて冷静だ。

「わ、わかったわ。じゃあ着換えるのを手伝って」

たしかにうっとりしている場合ではなかった。エディスはカリンの手を借りて寝間着から日常用のドレスに着替えて、身支度をすませると、急いで食堂に向かった。

といってもこの家は本当に小さくて、『夫婦』の寝室のすぐ隣が食堂兼応接間なのだから、慌てて移動する必要もないのだが。

「おはよう、ウィルフレッド。ごめんなさい、遅くなって――」

エディスはそう言いながら食堂に入り、『旦那様』に声をかける途中で、足を止めた。

ウィルフレッドはソファに腰を下ろして、熱心に新聞に目を落としていた。

集中すると周りの音や声が耳に入らない癖があるウィルフレッドを、エディスは思わずその場でじっとみつめた。

鳶色《とびいろ》の髪に、青い瞳。少しだけ冷たくも見える涼しげな目許《めもと》は怜悧《れいり》さが仄《ほの》見えて、黙っていると怖いくらい……と感じていた初対面の頃が、もうはるか昔のことのように懐かしい。

（素敵……）

溜息が漏れてしまう。私の旦那様は、何て素敵なんだろう。

うっとり眺め続けていたら、ウィルフレッドが視線に気づいたのか、エディスの方を向いた。

その表情が、優しく綻《ほころ》ぶ。

「おはよう、エディス」

「――おはよう、ウィル。寝坊しちゃったわ、ごめんなさい、おなかがすいたでしょう」

ウィルフレッドが新聞をテーブルに置いてソファから立ち上がり、エディスの方に近づくと、身を屈《かが》める。ウィルフレッドは背が高いから、エディスはうんと顔を上げて相手を見た。

唇に下りてくるキスを幸福な気持ちで受ける。

「いいや、俺も起きたばかりだから、大丈夫。君こそベッドで食事を取ったってよかったのに」

「ううん、ウィルと一緒がいい」

晩餐《ばんさん》はともかく、朝食は揃って取るべきというしきたりがエディスたちにあるわけでもない。けれどもエディスは少しでもウィルフレッドと一緒に何かをしたかった。

「では、支度をいたしますね」

いつの間にかカリンが食堂にいて、ぶっきらぼうにそう告げると、一旦キッチンに引っ込んだ。

そしてエディスとウィルフレッドが食卓につくと、パンと肉料理、それにワインが、あっという間にカリンの手によって並べられる。

「おいしそう」

エディスはにっこりした。パンは平民の食べるような茶色く固いものだったし、肉料理は一品しかないし、ワインもハント家にいた頃なら絶対に口にしないであろう安物だったが――カリンの手にかかると、どれもこれもいい匂いがするし、おいしいので、まるで魔法みたいだ。

「カリンも一緒に食べましょう。ね、ウィル」

そう言ったエディスに、ウィルフレッドも頷く。カリンは少し躊躇《ちゅうちょ》した様子を見せるが、皿を並べ終えると、ウィルフレッドの斜め向かい、エディスの隣へと腰を下ろした。

伯爵家の中でなら侍女が家族と同じ食卓につくなど考えられないことだろうが、この家の中でそんなルールは必要ない。

三人で揃ってお祈りをすませてから、朝食に手を伸ばす。

(私、とっても、幸せだわ)

食事は大変に質素だが、大好きなウィルフレッドと、絶対に味方であると信じられるカリンと一緒に一日を始められることが、エディスは本当に嬉しかった。

◇◇◇

伯爵令嬢エディス・ハントはかつて毒薬によって殺害され、そののちに蘇《よみがえ》ったせいで『生ける屍《リビング・デッド》』として社交界から爪弾《つまはじ》きにされた。

醜聞《しゅうぶん》のまっただ中に放り出されたエディスは、子爵《ししゃく》家のウィルフレッド・スワートとの婚約を解消されたが、最終的にはお互い自分たちの家を捨てることに決めた。

そして二人は『駆け落ち』をして、かつて暮らしていた王都から離れてこの小さな街に辿り着いた。

素性《すじょう》は隠し、偽名を使ってどうにか借りることができたのは、街外れの小さく年季の入りすぎた一軒家だ。

伯爵家の中でも有力な貴族だったハント家で過ごしていた頃とはかけ離れた暮らしだったが、エディスには何の不満もない。どうせ、駆け落ち直前も家から追い出されて小さな家でカリンと二人きり暮らしていたのだ。それに比べたら、ウィルフレッドがいることだけで、幸せすぎるほど幸せだ。

そのウィルフレッドは、朝食を終えたあと、小さな書斎に籠《こ》もりきりになっている。

エディスもウィルフレッドも、家を出る時にめぼしい宝飾品などを持ち出していたので、しばらくは苦労なく暮らせそうではあった。別の街で換金しようとした時、自分たちが思っていた以上に高値を提示されてお互い驚いたものだ。

ただあまり頻繁《ひんぱん》に買取に出せば素性を勘繰《かんぐ》られたり、悪党に狙われる危険があるだろうと話し合い、本当に困った時の最後の手段にしようと二人で決めた。

当分の収入源といえば、カリンが探してきたお針子《はりこ》仕事の縫《ぬ》い賃、そしてウィルフレッドの小説だ。

ウィルフレッドは二人で暮らす家を決めるや否や、自分の作品を手に街中の新聞社、雑誌社をことごとく当たって、そしてひとつふたつ原稿料をもらって帰ってきた。

彼の書いた詩や戯曲《ぎきょく》をエディスはずっと読ませてもらっていたし、贔屓目《ひいきめ》ではなくとても美しく情緒豊かな物語を描くことができる才能を感じていたが、実際に採用されたことには驚いた。勿論《もちろん》喜びの方が先に立ったのだが、何しろウィルフレッド本人が「作家になるには長い下積みが必要だろうし、なかなかうまくいくものではない」と言っていたので、そういうものだろうと覚悟をしていたのだ。

（それまでは私が頑張ってウィルフレッドを支えて、どんな仕事でもやろうって決めていたんだけれど……）

ウィルフレッドが書斎で原稿を書いている間、エディスは応接間のソファでカリンと向かい合い、針仕事に勤《いそ》しんだ。裁縫《さいほう》の得意なカリンは、どこからか山ほど持ってきた貴婦人の帽子や下着、アクセサリー類をテーブルに広げて、日々猛然《もうぜん》とそれらを縫い上げている。

彼女にはこの家のことをすべて任せてあり、何とか給金を手渡せるようエディスとウィルフレッドで相談していたのだが、カリンが自《みずか》ら縫い物の請負《うけおい》仕事も探してきたのだ。

『縫い賃じゃ大したものにもなりませんけど。こんな小さい家じゃあっという間に仕事が終わって、暇で仕方ありませんから』

カリンらしい素っ気ない言い方に気遣いを感じた。エディスは彼女だけを働かせるわけにいかないと、手伝いを申し出た。

といっても、自分が戦力になっているのかエディスにははなはだ疑問だ。令嬢のたしなみとして刺繍《ししゅう》などは経験があり、腕前もなかなかだという自負があったが、とにかく丁寧すぎて仕上がるまでに時間がかかってしまうのだ。

それでも少しでもカリンの助けになればと一生懸命手を動かしていたら、書斎から出てきたウィルフレッドが応接間にやってきた。気づけば午後のお茶の時間になっていたので、休憩《きゅうけい》することにしたのだろう。

カリンがサッと縫い物の山に布をかけて下着などをウィルフレッドの目から隠してから、お茶を淹《い》れるためにキッチンへ姿を消す。

「もう少ししたら、また新聞社を回ってくるよ」

何か書き上がったのだろう、ウィルフレッドが言った。

「また少しでも採用されればいいんだけど……」

ウィルフレッドはカリンとエディスが作った布の山を見ていた。

宝飾品を換金した分があるし、エディスまで働くことはないと、前からウィルフレッドは言ってくれている。

「気分転換に手伝っているだけよ。もともと刺繍をするのは好きだもの」

エディスが微笑《ほほえ》むと、ウィルフレッドも小さく苦笑を返す。ソファに座るエディスの隣に腰を下ろした。

「たしかに君の刺繍は見事だ。俺も、君にもらったハンカチやカフスは絶対に家から持ち出そうって決めていた」

ウィルフレッドは駆け落ちする時、エディスからのささやかなプレゼントを、全部ここまで持ってきてくれた。そのことがエディスにはとても嬉しい。

「家の中のものも、少しずつ縫うわ。このおうちはすごく古いけど、カリンが毎日磨《みが》き上げてくれているから、暮らしやすいし。あとは備え付けのカーテンやカバー類を取り替えたら、もっと素敵になると思うの」

借りた家には家具がついていたので、ろくな荷物も持てずに家を出てきたエディスたちには助かるが、何しろ家と一緒で年季が入りすぎていて古臭い。壊れているところはカリンとウィルフレッドがあっという間に直してくれたから、残りは自分の仕事だとエディスは張り切っている。

「ありがとう、エディス」

そう言って、ウィルフレッドがそっとエディスの肩を抱き寄せた。

「最初はこんな小さい家からだけど、いつか必ず、もっと上等な生活ができるように努力する」

エディスはウィルフレッドの肩に頭を預けて寄り添った。

「私はこのおうちも気に入っているし、無理はしないでね。新しい作品、書けたの？」

「ああ、短いのをとにかく手当たり次第に。あまり長いものを書いても採用はしてもらえないから、手軽に読めるものをたくさん書いてるんだ」

「ウィルフレッドの書いたものが載っている新聞、私も読みたいわ」

優しい仕種でエディスの髪を撫でていたウィルフレッドの手が、一瞬、止まった。

「──もう少し、待ってくれ。今はちょっと……タブロイド紙は、エディスが知っているような新聞とは、少し違う、あまり品のないゴシップ専門だから……」

そう言って、ウィルフレッドはここで暮らし始めてから書いたものを、かたくなにエディスに見せようとしない。

たしかにエディスが目にしたことがあるのは、政治や科学や芸術などを主に取り扱う高級紙《クオリティペーパ》と呼ばれるものだ。多少のゴシップ記事はあっても、大衆紙《タブロイド》とは比べものにならない量と質らしい。何しろ実物を手に取ったことがないので、ウィルフレッドに駄目だと言われたら、それを押して買いに行く踏ん切りが、エディスにはなかなかつかなかった。

「でも、ウィルが書くものなら、どこに載っていても読みたいのに……」

エディスが不満げに唇を尖らせると、ウィルフレッドが笑って、そこにキスしてくる。誤魔化《ごまか》されるつもりはなかったのに、エディスはそれだけで不満だったことなんて忘れてしまった。

「そのうち君が読んでも差し支《つか》えない新聞や雑誌で連載して、売れる本を出してもらえるようにするよ。その時はちゃんと見せるから」

「ええ……わかったわ」

「タブロイド紙は数が多い分、気軽に小説を採用してくれるし、それなりの収入になる。換金しておいた分もあるんだ、当面は君に苦労させることはないだろうから、君もカリンも、仕事をしなくて大丈夫なんだけどな」

ウィルフレッドがエディスの指に触れる。傷痕ひとつないほっそりとした白い手は令嬢としては自慢なのだろうが、エディスはそんなものを惜しむつもりはない。

「けど、ウィルだけが苦労するのも違うわ」

「俺は自分の夢を叶えようとして、我儘《わがまま》を貫《つらぬ》いているだけだ。本当なら家から持ち出してきたものを今すぐすべて金に換えてしまえば、もっといい家に住んでいい暮らしもできるだろうけど、それに全部頼ることは最後の手段にしたくて――」

「ウィル、私本当に、この家で幸せよ。それにもしお金に換えることで、スワート子爵に私たちの居場所がわかったらと思うと……」

自分の言葉に、エディスは自分で震え上がった。

ウィルフレッドはスワート家の跡を継ぐべき長子《ちょうし》の立場を捨てて、エディスと駆け落ちした。勿論それを、父親であるスワート子爵は許していないだろう。ウィルフレッドも、父親の性格上、どんな手を尽くしても自分を探し、連れ戻そうとするに違いないと言っている。

そして連れ戻された暁《あかつき》には、二度とエディスと会うことはできないだろうと。

（実際、子爵はウィルフレッドを軟禁したわ。友達《ステイシー》のおかげで、どうにか抜け出すことができたけれど……）

あのままウィルフレッドと会えなかったら、とエディスは想像だけで泣きそうになる。

「お互い、充分に気をつけて行動しよう、『メアリー』」

家を借りる時、スワート家の名前も、ハント家の名前も勿論使えなかったので、偽名を名乗ることにした。

自分が偽名を使う時がくるなんて想像もしていなくて、エディスは不謹慎かしらと思いながらも、面白がって微笑んだ。

「ええ、『アーサー』」

エディスもウィルフレッドもさして珍しくはない名前だったが、二人が揃うと意味が変わってしまう。それを承知していたので、二人とも、家の外では本当の名を口にしないよう気をつけていた。

「そろそろ、お茶をお運びしてもよろしいですか」

二人して嘘の名前を呼び合い笑っているところに、カリンの冷静な声がスッと入ってきた。

エディスは何となく慌ててウィルフレッドに凭《もた》れていた体を起こし、ウィルフレッドも小さく咳払《せきばら》いをしている。

夫婦なのだから、誰憚《はばか》ることなく蜜月《みつげつ》を過ごしてもいい気はしつつ、そういう振る舞いにはまだ慣れない。

またカリンも加え、三人で午後のお茶の時間を楽しんだ後、ウィルフレッドは書き上がった原稿を持って新聞社回りに出かけていった。

カリンも縫い上がった分の帽子や下着類を納めに行くついでに、夕飯の買い物をするため家を出て行った。

一人残されたエディスは、自分も外に行ってみようかと思い立つ。

（私だって、職探しをしなくっちゃ）

カリンを手伝ってはみたものの、やはり自分がお針子としては戦力外だというのは重々分かる。数をこなさなければ収入に繋がらない仕事だ。

といって他に当てがあるわけでもないが、家にいたところで仕事が湧いてくるわけでもない。

（ハント家の後ろ盾《だて》があれば、他の家の若い令嬢の侍女や、ナニーの口もあるんだろうけど……）

勿論その後ろ盾がないからこそ、仕事探しをしなくてはならないわけだ。

そもそもどうすれば職探しができるのかもわからないまま、エディスはとにかく家を出ることにした。

アーサーとメアリー夫婦の暮らす『リード家』の住宅は、街の中心部から少しだけ外れた場所にある。馬車を使えばその中心部まですぐだが、エディスは少しでも倹約《けんやく》したいから、歩いていくことにした。

のどかな田舎町で、家の周囲は野原や森があり、道は舗装《ほそう》されていない。ちょうど秋の野草が咲く季節で、エディスは散歩気分で楽しく進んでいった。

貴族の令嬢が付き添いもなく一人きり、しかも自分の足で道を歩くなんて、少し前のエディスには考えもつかなかったことだ。

とはいえ、この街に来る前に、すでにその経験はあった。ハント家を追い出され、下級メイドだったカリンひとりをつけて小さな家に押し込まれてからは、たまに街へ出かける時に誰もついてきてくれる人はいなかったのだ。

(あの経験も、しておいて悪くなかったってことね)

見知らぬ街で一人歩くことが、今のエディスには大して怖くない。

もともとは引っ込み思案で、怖がりだった自分が、こんなふうになれるなんて、とても不思議だ。

(しかもこれはあの頃と違って、自分の体なんだもの。いくらでも元気に歩けるわ)

間違ってもこの体は、他人の髪や爪から作られた人形なんかではない。自分の意思のままに自由に動く自分の体なのだから、歩いているだけで楽しかった。

(……あんまりはしゃいで、またうっかり別の人形にでも入ってしまわないように気をつけなくちゃいけないけど)

少し自分を戒《いまし》めつつ歩き続けると、左右に店の建ち並ぶ広い通りに出た。ハント家で過ごしていた頃に遊びに行った高級な仕立屋や焼き菓子の店、大規模なカフェなどがひしめき合う都会とは少し趣《おもむき》が違うが、小さなカフェや食料品店、雑貨屋などが並んでいて、それなりに賑《にぎ》やかだ。

広い公園には、食べ物などのスタンドもある。

求人といえば新聞じゃないかしらと思い至り、エディスはそのスタンドに近づいた。

ウィルフレッドのタブロイド紙を手に取る踏ん切りがついた。その大義名分を思いついたおかげで、未知のタブロイド紙を手に取る踏ん切りがついた。

思ったよりも種類があって、どれを手に取ろうか少し迷う。

そして並んだ新聞のいくつかに、見慣れた名前が大きく書き出されていることに、エディスは息を飲んだ。

『生ける屍《しかばね》・令嬢エディスの行方未《いま》だ知れず──』

悲鳴を上げそうになるのを、必死に堪《こら》える。

(駄目、私が『エディス・ハント』だなんて知られたら、この街にいられなくなる……)

エディス・ハントが殺害され、蘇ってから、すでに半年近くが経《た》とうとしている。

その半年、社交界でも、市井《しせい》の人々の間ですら、『生ける屍』の話題は衰《おとろ》えることなく、面白可笑《おか》しく語り継がれている。

さすがに事件直後のように一面を飾る新聞は減っているようだが、それでも他にめぼしい話題がない時に売り上げのために使われる程度には、鮮度の高い醜聞であり続けているらしい。

Looking for
of the living
Edith Hunt!
Blood
kidnap
secret sightings of
who are as beautiful as
were in life

『生前と変わらぬ美貌《びぼう》に慄《おのの》く人々の目撃談を極秘で入手』

『血の伯爵令嬢、若き娘を夜な夜な攫《さら》うか』

『生ける屍エディス・ハントの目撃情報求む！』

自分について新聞や雑誌が好き放題書き立てていることは、エディスも承知している。

殺されたはずの自分が生前と変わらぬ姿で歩き回れるのは、『若い処女《おとめ》の生き血を浴びているからだ』などと、根拠もない怖《おそ》ろしい憶測が支持され、今では既成事実であるかのごとく扱われているということも。

（まさかあの体が私本人じゃなくて、おばあさま《サラ》の一部から作られた人形で、それを大伯父《ヒューゴ》が死霊魔術《ネクロマンシー》で用意したものだった……なんていう方が、信じがたいというか、思いつきもしない事実なんでしょうけど）

最初は好き放題に噂されていることがショックだったが、どうでたらめを書かれても絶対に真実に行き当たらないことが、最近は何だか可笑しく思えてくるようになった。

（居場所を知られていないか確認するためにも、たまに新聞には目を通した方がいいのかも……）

その辺りはウィルフレッドがやるので、エディスは新聞を読まなくていいと言ってくれている。きっとこういう記事にエディスが傷つくと気を遣ってくれているのだろう。

（でももう、慣れてしまったわ）

あまりに噂と真実が乖離《かいり》し過ぎていて、深く傷つく余地もない。だからエディスは開き直り、目についたタブロイド紙をいくつか手に入れて、公園でそれを開いてみた。

中の記事はもっと酷《ひど》く、『王宮は神に背《そむ》きし令嬢を一刻も早く見つけ出し処分すべきでは』などという一文には、さすがに心臓が止まりそうになった。

（まさか今どき、異端《いたん》審問なんてやらないでしょうけど……）

震えながら新聞の続きを読んだエディスは、さらに青くなった。

『スワート子爵家の令息の重病、エディス嬢の仕業《しわざ》か』

ウィルフレッドの名前まで載っている。ハント子爵がウィルフレッドを病気だと偽《いつわ》り、駆け落ちの事実を隠蔽《いんぺい》しようとしていることは、エディスもすでにウィルフレッドから聞いて知っていた。おそらく彼も新聞記事で知ったのだろう。

ウィルフレッドの病気の原因はエディスの呪いであり余命幾《いく》ばくもないとか、すでに死んでいるのではとか、どの記事も勝手なことを、扇情的《せんじょうてき》に書き散らしてある。

中にはエディスとウィルフレッドが共犯で、若い女性を攫うのはウィルフレッドの仕業だと書いている新聞まであった。

「ひどい……」

自分が悪く言われることに慣れはしても、ウィルフレッドが好奇の目に晒《さら》され、妄想としかいえない文章で弄《もてあそ》ばれるなんて、エディスには耐えられない。

（もしかしたらウィルは、これを私に見せたくなくて、自分の小説の載った新聞を読ませてくれなかったのかしら……）

優しいウィルフレッドのことだ。そういう気遣いがあっても不思議ではない。

（でも私だって、こんなひどい記事をウィルフレッドが読んでるなんて考えたら）

これからはせめて手分けをして新聞記事を確認するべきかもしれない。そんなことを考えながら、さらにページをめくったエディスは、自分やウィルフレッドの名前が消えた代わりに現れた猥褻《わいせつ》で下世話《げせわ》な絵に慌てて新聞を閉じた。

「……あら？」

だがぐしゃっと新聞を丸めてしまう寸前、視界に入った文字に、首を傾《かし》げる。

おそるおそる、もう一度同じページを開くと、やはりそこには『アーサー・リード』の名前が印刷されている。

（ウィルの小説だわ！）

アーサー・リードはウィルフレッドの筆名でもある。運よく、適当に選んだタブロイド紙の中に、ウィルフレッドの小説が載っていたようだ。

（私たちがひどく書かれているだけではなくて、この……ええと、とても教育によくはなさそうな記事の載っている新聞だから、私に見せたがらなかったのも本当なのね）

たしかにエディスが想像していたのの十倍くらい、この新聞の内容は下世話で、猥褻なものだった。

（でも何とか、ウィルフレッドの小説のところだけ読めば……）

エディスは新聞から顔を背けつつ、その部分だけ見ようと片目を瞑《つむ》る。

小説以外の記事や挿絵《さしえ》が問題なら、ウィルフレッドの小説部分だけ切り取ってスクラップしてしまおう。

そう考えながら、エディスは『アーサー・リード』の署名が入った小説を片目だけで読み進め——。

そして、絶句した。

2

「ようリード先生。今日の小説はいくらで売れた？」

新聞社の入ったビルを出た時、顔見知りの記者に声をかけられ、ウィルフレッドは足を止めた。

「やあカトラー。そろそろ貴族みたいな大豪邸が買えそうだよ」

愛想《あいそ》よく、つまらない冗談で受け答えをする。やってみれば案外性《しょう》に合っていて気楽なものだった。子爵《ししゃく》家のご令息《れいそく》でいた頃は、周囲の人たちの退屈な世間話や空世辞《からせじ》や当《あ》て擦《こす》りなど大して意味のあるものに聞こえず、早く一人になって本を読むか小説を書くか――エディスに会うことばかりを考えていたが。

「そりゃいい、買ったらぜひ招待してくれ」

カトラーはこの街に来てすぐに知り合った一回り歳上の男で、ひどく面倒見がいい。タブロイド紙のゴシップ専門記者だから、あらゆるところに首を突っ込んでは些細《ささい》な事件を拾い上げて、より衆目《しゅうもく》を集めるようセンセーショナルに書き立てることで生計を立てている。

ウィルフレッドが声をかけられたのも、さほど都会とも言えないこの街で見慣れない顔をみつけて、何か面白いネタにでもならないかという目論見《もくろみ》があったからだろう。

下世話といえば下世話だが、基本的には善人だし、面倒見がいいのも本当で、ウィルフレッドが作家志望だと知ると、自分が働く新聞社やその他顔見知りの記者を片っ端から紹介してくれた。突っ込む首が多い分、顔も広い男だった。

「アーサー・リードの小説、俺の周りでも結構評判いいぜ。じゃんじゃん書いて持ち込み頑張れよ」

「ありがとう。今寝る間も惜《お》しんでそうしてる」

「売れて本にでもまとまったら、俺のおかげだって献辞《けんじ》入れてくれよな。あ、そうだ、おまえこれ買わないか？」

カトラーが思い出したように、懐《ふところ》から紙切れを取り出すと、ウィルフレッドに差し出してくる。

「芝居のチケットなんだ。安くしとくよ、奥さんと行ってきたらどうだ」

紙切れには『生ける屍《しかばね》』と演目が印刷されている。副題は『血の令嬢の冷たい接吻《くちづ》け』だ。

「掛け小屋の短いやつだったけど、ハント伯爵令嬢シリーズの中でもまあまあ見られる方だったぜ。令嬢に襲われる主演女優が色っぽくてなあ」

「……」

ウィルフレッドは丁重にチケットをカトラーの方へと押し戻した。

「悪いけど妻はあまりそういう類《たぐい》の芝居を見ないんだ。俺も、色っぽい主演女優を一人で観に行って彼女を怒らせるのは嫌だし」

「へっ、新婚が。そんな若いのに今から嫁さんの尻に敷かれてたら、この先やってけねえぞぉ」

からかうように言いながらも、カトラーが無理強《じ》いせずチケットをしまってくれたので、ウィルフレッドは内心ほっとした。

(観に行けるか、そんな芝居)

ハント伯爵令嬢シリーズ——などという呼び名までついてしまった。

王都で起きたエディスの事件は、そこから随分離れたこの田舎町に辿り着くまでにかなり歪《わい》曲《きょく》されながら、歌や芝居として広まり続けている。勿論《もちろん》オペラ座やロイヤルシアターで由緒《ゆいしょ》正しい古典演劇を打つような劇団ではなく、素人《しろうと》に毛が生えたような集団の旅回りで演じられているのだ。

戯曲《ぎきょく》化を繰り返すうちにもはや原型を留めず、今の主流は『生ける屍の令嬢が若く美しい娘を襲う』というタイプのようだ。露出度の高いドレスを着た主演女優がエディス役の女優に襲われて凄惨《せいさん》な死を迎え、最後は「次に襲われるのはあなたかもしれない……」と恐怖を煽《あお》ることで観客を楽しませている。

他にも、真の黒幕は婚約者の子爵家嫡男《ちゃくなん》だとか、逆に婚約者もすでに殺されて伯爵令嬢がその屍体《したい》を愛《め》でているとか、あらすじを聞くだけでウィルフレッドの頭が痛くなるようなものばかりだった。

エディスや自分のことが、すっかり人々の娯楽として定着しはじめている。しかもあらゆる劇団が上演を繰り返すうちに、さらに内容が過激になっているようだった。風紀上好ましくないと取り締まられて上演が中止されることも多く、そのたび別の土地に移動してはまた上演する——ということを複数の劇団が繰り返すことで、結局ハント伯爵令嬢シリーズは、どの街でも入れ替わり立ち替わり上演され続ける状況になっていた。

ウィルフレッドもこの街に来てからすでに二度、そういった劇団のチラシを目にしている。カトラーのチケットで三度目だ。

「しかし令嬢シリーズも、粗製濫造《そせいらんぞう》を繰り返してるせいで、すっかりエログロ芝居に成り果てたな。ブームもあとちょっとっていう感じだ」

カトラーの言葉に、ウィルフレッドは半分安心、半分苛立《いらだ》ちといった気分を味わった。どうせ一頃《ひところ》の流行などあっという間に人々の中から忘れ去られてしまうだろうが、しかしそうなれば事実を訂正できないままだということが悔しい。

(あのエディスが自分の美貌を保つために他の娘を襲う悪女だなんて、あり得ないだろう)

芝居の内容は忘れられても、エディス・ハントは怖《おそ》ろしい悪女の代名詞として語り継がれてしまうかもしれない。

何とか汚名《おめい》をそそぐことができればと思うが、自分たちこそ当事者だと名乗り出るわけにもいかず、もどかしい。

「そうだ、暇があるなら、おまえもハント伯爵令嬢シリーズの脚本を書いてみないか？」

「え？」

不意にカトラーがそんなことを言い出すので、ウィルフレッドは驚いて彼を見返した。

「一週間前にこの街に来た劇団が別の芝居をかけてるんだけど、全然客が集まらないってボヤいてさ。やっぱり落ち目になってきたとはいえハント伯爵令嬢シリーズなら鉄板だろ、でも脚本家が逃げ出したとかで、書けるやつを探してるんだよ」

「脚本……」

「おまえは戯曲はやらないんだっけ？　でもまあ、文章が書ければ誰でもいいってくらいなもんだろ、令嬢シリーズなんて。適当にでっち上げれば、今日明日のパン代くらいはくれるかもしれないし、気が向いたらここに訪ねていってみろよ」

そう言って、カトラーが劇団の代表者の名前と、宿泊しているホテルのメモを書いて寄越してきた。

「――ありがとう、当たってみるよ」

ウィルフレッドの気持ちはすぐに決まった。

(願ってもいない機会だ)

完全なる真実――を描くのはさすがに無理だろうが、少なくともその劇団を見に来た客にだけでも、エディスの悪い印象が払拭《ふっしょく》されるような戯曲を提供できるかもしれない。

早速《さっそく》執筆に取りかかろう。ウィルフレッドはカトラーと別れて、急いで家に戻った。

「おかえりなさい、ウィルフレッド……」

小さな我が家に入ると、出迎えてくれたエディスが、ひどく蒼白な顔色をしていたので驚く。

「ただいま。どうした、エディス。どこか具合でも悪いのか？」

心配になって頬に触れると、エディスが大きく首を振る。涙が散っていたので、さらに驚いてしまった。

「顔がまっ青だ。すぐに横になって……」

背中を支えようとするウィルフレッドの腕を、エディスが押さえる。

その手には畳《たた》んだタブロイド紙が握られていた。

「ウィル、これ」

「……ああ……」

貧血でも起こしたようなエディスの反応に、ウィルフレッドはそれで納得がいった。

「読んだのか」

「ええ……」

ウィルフレッドはとにかくエディスをソファに座らせた。カリンは外出しているようだったので、自分で水差しから水を汲《く》み、エディスに手渡す。エディスは水も喉《のど》を通らないのか首を振り、受け取ったグラスをすぐにテーブルに置いてしまった。

「すまない。驚かせただろう？」

「そうね……」

エディスが手にしているタブロイド紙は、ウィルフレッドもすでに目を通してある。まず生ける屍の令嬢の醜聞《しゅうぶん》、その婚約者の酷《ひど》い噂、それだけでエディスは傷つくだろう。加えて猥褻《わいせつ》なイラストがこれでもかと紙面を飾る下品さに血の気を失い――駄目押しで、『アーサー・リード』の小説だ。

「ウィル、あなた、こういうのを書いていたの……」

やはり、最後が一番問題だったようだ。エディスの手が小さく震えている。

「君が嫌な気分になるだろうと思って、言えずにいたんだ」

エディスにこれまで見せたことがあるのは、美しい言葉を並べた美しい物語ばかりだった。それをエディスは素敵ねと褒《ほ》めてくれて、書き写した手紙を本に仕立ててまで、大事に持ってくれている。

だが今エディスの手にあるタブロイド紙に掲載されている小説は、それとはまったく違う趣《おもむき》のものだ。

三流ゴシップ紙にお似合いの怪奇小説。不気味な怪物が夜な夜な美女を襲う怖ろしい物語。

別の新聞には、猟奇《りょうき》殺人鬼の話。あるいは東洋の怪しげな呪術師《じゅじゅつし》の話。

どれもこれも、伯爵家の令嬢として生まれ育ったエディスが、本来であれば死ぬまで目にすることのないような低俗な小説ばかりだ。

「生活のため？」

エディスは涙を一杯に浮かべている。

「ウィルフレッドは私たちの暮らしのために、望まない物語を書いているの？」

ぎゅっと、エディスの両手がウィルフレッドのペンを持つ方の手を握り締める。

「そんなの、苦しいんじゃなくて？　私、ウィルフレッドに無理してほしくない。そのせいでもし物語を書くことが辛《つら》くなったとしたら、私だって悲しいわ」

「――エディス」

ウィルフレッドはそっと、空いている方の手でエディスの手に触れた。

「違うんだ」

こうなったら、隠そうとする方がきっとエディスを傷つける。ウィルフレッドは腹を括《くく》ることにした。

「え？」

「たしかに君に見せたことのある作品と、ここに載っているものは、まったく別の傾向かもしれない。でも決して、無理をしているわけじゃない」

「え……」

エディスの瞳が、戸惑ったように揺れる。ウィルフレッドはさすがにその紫石英《アメジスト》のような美しい瞳を真《ま》っ直《す》ぐ見ることができず、微妙に視線を逸《そ》らした。

「単純に、好きなんだ、こういうのが。昔から結構書いていた」

「……!?」

エディスは大きく瞳を瞠《みは》ったようだが、ウィルフレッドはやはり目を逸らしたままでいる。

「美しい物語を綴《つづ》ることも好きだ。君を騙《だま》したわけじゃないことはわかってほしい。ただ、何というか、こういうグロテスクなものも、極めればそれはそれで美に通じるというか……」

ここを力説《りきせつ》する方が困惑されるかもしれないと思い、ウィルフレッドは最終的に言葉を濁《にご》した。

「そ、そうなのね」

やはりエディスは余計に当惑した様子で、相槌《あいづち》を打っている。

「ああ。実はスワート家にいる頃にも、筆名で二、三度、怪奇専門雑誌に採用されたことがある」

「そんな……!」

エディスの手が、また震えた。

幻滅されただろうかと、ウィルフレッドは緊張する。

「どうして言ってくれなかったの？　だったらその雑誌、手に入れたかったのに！」

「え――」

エディスは泣きそうな顔で、ウィルフレッドを見上げている。

「このお話だって、怖かったし、血の描写なんかは薄目で読んだけど、でもとっても面白かったわ。怖いのに先が気になって、ドキドキしながら読み進めたもの」

ウィルフレッドはようやくエディスを見返す。

エディスは泣き顔というより、少し怒ったような表情になっていた。

「だけど面白ければ面白いほど、そうするためにあなたがどれだけ苦労して、どれだけ辛かっただろうって、想像してしまって……書きたくないものを無理に書いているわけではなかったのね？」

「ああ、それは、勿論。というより、俺は多分、書きたくないものを書けるほど器用なタイプじゃない」

「よかった……！」

エディスがぎゅっと抱きついてくる。ウィルフレッドもその背中を抱き返した。

「すまない、こんなものを書いていると知って、君に幻滅されるのが怖くて、なかなか言い出せなかったんだ」

「幻滅なんてするわけないわ」

エディスがきっぱりと言うので、ウィルフレッドは心から安堵した。

「でも――これでわかった、ヒューゴが死霊魔術師《ネクロマンサー》だと聞いた時、どうしてそれが何であるかをあなたがすぐ指摘できたのか」

納得した様子で、エディスが言っている。

たしかにネクロマンサーなんて、普通に暮らしていて目にするような言葉ではない。ウィルフレッドは子供の頃からこっそりと怪奇小説の類を楽しんでいたので、そういったことに詳しかったのだ。

「これからは隠さずにちゃんと読ませてね。私はあなたの一番のファンなのよ、リード先生」

エディスの声音に、少しいたずらっぽさが混じる。

「ああ……そうするよ、必ず最初に君に見せる」

こんなに愛らしい彼女が、悪女として世に名を馳《は》せるなど、やはり絶対にあってはならない。

「今度は戯曲を書くから、出来上がったら読んでほしい」

「嬉しい。楽しみにしてるわ」

ウィルフレッドは頷きを返すと、強くエディスの細い体を抱き締めた。

◇◇◇

実際にあったことをベースにすればいいのだから、戯曲の執筆には大した時間はかからなかった。

五日間、最後は二晩ほど徹夜をして仕上げ、早速、エディスに見せる。

「まあ……！　すべての罪をシャンカール先生に押しつけるのね？」

ウィルフレッドの向かいのソファで戯曲を読み進めていたエディスが、驚いたような、感心したような声を上げる。

「ああ。アイミアの名前は勿論、存在も出さない方がいいだろう？　そもそも元凶はシャンカールだ」

いつかあの時の出来事を書いてみたい――と、実は以前から考えていた。

その場合、シャンカールに唆《そそのか》されエディス殺害に至ったアイミア・ジュソーについては、一切記述しないつもりだったのだ。

（エディスが悲しむのであれば意味がない）

事実を綴《つづ》るだけなら日記でいい。ウィルフレッドが何より重要視するのはエディスの気持ち、その次が観客の評判だ。

「死霊魔術師は出てくるけど、ヒューゴ……私のおばあさまの兄ではなく、シャンカール先生に雇《やと》われたまったくの他人なのね」

「ああ、ヒューゴのことも伏せておくべきだと思って」

「そうね……ヒューゴだって、私を助けてくれた恩人だもの。そっとしておきたいわ」

ウィルフレッドは黙ってただ微笑《ほほえ》んだ。

エディスには言えないが、ヒューゴ個人が迷惑を被《こうむ》る分には、あまり同情が湧かなかった。

ウィルフレッドはあのヒューゴという男のことが苦手だったからだ。

何しろ最初から、エディスの婚約者である自分を敵視していたように見える。

いや、敵視というのは言い過ぎか。ウィルフレッドこそ、エディスに近づく正体不明の男を警戒──今となっては素直に認めるしかないが、嫉妬していた。

そのせいで必要以上にヒューゴからも非好意的な意図を感じ取ってしまったのかもしれない。

(……エディスではなく、エディスに瓜二《うりふた》つの『サラ』に執着していたとはいうが)

ヒューゴは妹の孫娘であるエディスがアイミアにより殺され、その魂をこの世に引き止めるために、妹の一部で作った人形を使った。

ヒューゴの行動について、ウィルフレッドもエディスから説明を受けていたが、単なる妹想いですませられるようなものではない気がする。

そもそもヒューゴが逸《いち》早くエディスの死に対応できたのは、エディスが幼い頃からその成長をこっそり陰で見守り続けていたからだというのだ。

尋常ではない執着に思えるが、身内だからだろう、エディスはそのことに関してさして不思議には思っていないようだった。

「君の母君の家系が、裏で代々死霊魔術師をやっていたと知られれば、余計に好奇の目で見られてしまうこともあるだろう。そこを含めて、赤の他人ということにしておいた」

「そうだったわ、何だか突拍子《とっぴょうし》もない話だからあまり考えなかったけど、私にもその死霊魔術師の血が流れている……ということだものね」

呟いてから、エディスが怖ろしさを堪《こら》えるように自分の体を自分で抱く仕種になった。

「もしかしてだけれど……私がヒューゴに何をされたわけでもないのに、自分のものではない体に入ってしまったのって、そのせいもあるのかしら？」

エディスが一度サラの人形に魂を移され、本来の体に戻ったあとにも、思いがけず同じことが起こった。

二人で駆け落ちをする直前、カリンが手作りした熊のぬいぐるみの中に、魂が入り込んでしまったのだ。

なぜそんなことが起きたのか理由がわからず、ウィルフレッドもそれについてずっと考えていた。

「おそらく、そういうことなんだろうなと俺は思ってる。適性がある、とでも言うのか……あとは一度体験してから、癖がついてしまったとか」

「い、いやだわ、そんな癖」

エディスはますます自分の体を強く抱いていた。まるでその中から魂が逃げ出さないよう押さえつけているかのように。

「死霊魔術について詳しく調べたいとは思ってるんだけど、何しろその手立てがない。普通の本屋や図書館に置いてある類の内容ではないし、あるとしてもせいぜい怪奇小説雑誌の与太《よた》話《ばなし》だけで……」

「ヒューゴにまた会えたらいいんだけど、無理ですものね。誰にも行方は知らせていないし」

「そうだな……」

エディスに執着する妙な大伯父《おおおじ》としては警戒してしまうが、相手が『死霊魔術師』となれば、ウィルフレッドも実のところ、詳しく話を聞いてみたくはある。その手の話が子供の頃から大好きだった。とても魅力的な題材で、舞台映《ば》えもしそうだと思うから、ヒューゴの正体は隠してでも、死霊魔術に関しては戯曲に盛り込んだのだ。

「でもこのお話の一番大切なところは、シャンカール先生の悪事でも、死霊魔術の怖ろしさや面白さでもないわね？」

再び原稿に目を落として、エディスが言う。目許《めもと》が微《かす》かに紅潮している。

「私とあなた……エディス・ハントとウィルフレッド・スワートの、とても美しくて、悲しい、恋のお話だわ」

言ううちに、エディスの瞳に涙が盛り上がる。感極まっている彼女の様子に、ウィルフレッドは微笑んだ。

「それこそ、一番伝えなければいけない真実だ。――君が死んでしまうところは、書き上げるのに抵抗があったけど」

伯爵令嬢エディスと子爵家のウィルフレッドは、親の決めた婚約者同士ではありながら、心から愛し合っていた。

しかし悪徳医師シャンカールの毒薬によりエディスは殺害され、シャンカールの雇った死霊魔術師の手で作られたエディスの人形が、彼女自身になりすまし世間を震撼《しんかん》させる。

シャンカールは偽エディスを操《あやつ》りハント家の財産を奪おうと目論《もくろ》むが、ウィルフレッドが真実を突き止め、医師と死霊魔術師を追い詰める。

もう少しのところで医師と魔術師は逃亡、絶望したウィルフレッドは医師の残した毒薬を自《みずか》ら煽《あお》り、愛するエディスの後を追う――。

「だ、だめ、お話だってわかっていても、あなたが死ぬなんて、悲しすぎて……」

エディスははらはらと涙を零《こぼ》している。

ウィルフレッドは向かいのソファから彼女の隣に座り直して、その肩を抱いた。

「だが二人とも死んだことにすれば、人々の同情が向けられるし、何より今ここにいる俺たちがエディス・ハントやウィルフレッド・スワートであるという事実を隠しやすくなる」

「そうね、そうなんだけれど……でも最初の私たちが愛を誓うシーン、それに時々回想として挟まれる二人のやり取りが、本当に素敵で。初めてあなたに贈り物をしていただいた時のことを思い出して幸せになった分、それが引き裂かれると思ったら……」

「無粋《ぶすい》だから書かなかったけど、実はシャンカールの毒薬は実際に死に至るわけではなく、仮死状態になるだけなんだ」

きっとエディスが悲しむだろうと思ったので、ウィルフレッドはあらかじめ用意しておいたもうひとつの結末を彼女に教えた。

「仮死状態？」

「実際、君もアイミアもあの薬を飲んでも死ぬことはなかっただろう？　だから時間を置けば目が覚めて、物語のエディスとウィルフレッドは墓場で再会する。でも世間的には死んだことになっているから、人目を忍んで二人で駆け落ちするんだ」

「まあ。まるで、私たちみたい」

ぱっと笑顔になるエディスを見て、ウィルフレッドは声を立てて笑った。

「そう、俺たちの話だ」

「最高の結末よ、ウィル！」

そう言って、エディスがウィルフレッドの体に抱きついてくる。

「その結末は私たちの胸にだけ留めておくのね。もし舞台を観て泣いている人がいても、言わないように気をつけなくちゃ」

「とりあえずはこれが採用されるかどうかだ。ハント伯爵令嬢シリーズは競《きそ》い合うように怖ろしくおぞましい物語にされているから、これでは客が喜ばないと取り合ってもらえない可能性もある」

「いいえ、きっと採用されるわ。これを読んで心を動かさない人がいるはずないもの」

エディスがきっぱりとそう言い切る。

「――私もそう思います」

ぼそりと素《そ》っ気《け》ない声が聞こえて、ウィルフレッドはエディスと共にはっとなった。

ソファのそばにカリンが立っていて、その手にはエディスの読み終えた分の原稿用紙がある。

そういえば、エディスには贔屓目《ひいきめ》があるだろうから、冷静な第三者の意見も欲しくて、カリンにも読んでもらっていたのだった。

「これではまだあの医者や死霊魔術師とやらが随分いいように書かれている気がしますし、アイミア様がまったくの無罪放免《ほうめん》では、事実を知る者として腑《ふ》に落ちないものもありますが」

最後のページを重ねて原稿用紙を整えると、カリンがそれをウィルフレッドに差し出してくる。

「あとはその辺の女優に『社交界の銀百合』を演じきれるかどうかも気にはなりますが、そこもお話の力で誤魔化《ごまか》されるのではと」

日頃無愛想なカリンが、その実エディスを慕《した》っていることを、ウィルフレッドはすでに見抜いている。何しろ同じ人を大切に想う人間同士だ。

「それに……」

　こほんと、カリンが小さく咳払《せきばら》いをした。微かに目を伏せている。

「令嬢の侍女《じじょ》が、少し活躍し過ぎな気がいたします。実際のところでは、大した助けにもならなかったのに」

　カリンの言うとおり、その辺りは少し膨《ふく》らませて表現してある。物語の展開上必要だということもあるが、ウィルフレッドのカリンに対する感謝の気持ちの表れでもあった。

「まあ、何を言っているの、カリン。あなたはアイミアから私を守ろうとしてくれたし、何よりハント家を追い出された私の生活を助けてくれていたのよ」

　エディスがウィルフレッドの言葉を代弁してくれた。

「本当に、きっと素晴らしい舞台になるわ。楽しみね、私、かならず一番いい席で観に行くわ。カリンも一緒に行きましょうね」

　エディスはすでにウィルフレッドの戯曲の採用が決まったかのように、浮き立っている。

　これは絶対に採用されなければ立つ瀬がないぞと、ウィルフレッドはこっそり苦笑した。

◇◇◇

「ああ、いいじゃないか。ハント令嬢シリーズはすっかりエログロ怪奇芝居で名が通っちまって、そろそろ敬遠し始める客も出てきてるって話でな」

カトラーが紹介してくれたホテルに赴《おもむ》き、劇団の代表者に完成した戯曲を見せると、読み終わるなり採用が決まった。

自信はあったものの、すんなり受け入れられて、ウィルフレッドはとりあえず安堵する。

「新鮮味がなくなってきたところに、まったく別の解釈、しかも悲恋ってのがいい。みんなお涙頂戴《ちょうだい》が大好きだからな。死霊魔術師ってのがいまいちよくわからんが、まあ生ける屍として名を馳せた令嬢ものにオカルト要素が一切なくなればなくなったで、客は不満に思うだろうし」

演出家兼役者でもあるというワイマンは、芸術家というよりは大衆酒場の店主の方が似合いそうないかつい顔に気のよさそうな笑みを浮かべ、ウィルフレッドの戯曲に対して心ばかりの使用料を支払ってくれた。

「しかしあんた、若いのにしっかりしてるなあ。丸ごと買取じゃなくて、使用料の徴収《ちょうしゅう》か……」

ウィルフレッドはあらかじめ契約書をしっかり作成しておいた。戯曲そのものにはアーサー・リードに著作権があり、劇団はそれを使用するために回数ごとの料金を支払わなければいけない、という形だ。

喰うに困った作家であれば、権利など丸ごと売り払ってその場でいくらかまとまった金をもらうというやり方が今の主流らしい。

しかしそうなればいくら盛況《せいきょう》でも作家に入る金はほとんどなく、しかも好き勝手に改変されても口を出す権利すらなくなってしまう。

今回の芝居の内容からして、それでは困るのだ。

客入りが悪ければあとは無報酬《むほうしゅう》でいい、という一文を加えておいたおかげで、ワイマンは特に文句を言わずに契約書にサインしてくれた。

「でも客入りがさっぱりなら、本当に一切これ以上の支払いはしねえぞ？　いいんだな？」

念を押すように聞かれ、ウィルフレッドは頷いた。

「構いません。その代わり内容に手直しが必要な時は無断で変更せず、必ず私にやらせてください」

「そりゃ追加料金もなしでやってくれるってなら、こっちはありがたい限りだけどな。客の入り如何《いかん》ではもうちょっと色つけさせてもらいたいが、まあ俺が言うのも何だがウチは大した劇団じゃない、あんまり期待するなよ」

自分のような駆け出しもいいところの作家の戯曲でも欲しがるのだから、劇団や人気の規模についてはあらかじめ予測はできていた。

とにかく一人でも多くの人にエディス・ハントの悪評を塗り替えてもらえるのであれば、何もしないよりずっとマシだ。

「上演は一週間後だ。東通りの公園前の芝居小屋を借りてるから、稽古もそこでする。暇があれば差し入れでも持って遊びに来てくれ」

「ええ、ぜひ」

ウィルフレッドは差し出されたワイマンの毛むくじゃらの手をしっかり握り返して、ホテルを後にした。

家に帰って早速報告すると、エディスが飛び上がって喜んだ。

「おめでとう、初めての戯曲ね！」

いつか自分の書いた戯曲が上演されることが、ウィルフレッドの夢でもあった。だからそれを知っているエディスは我が事のように喜んでいるのだ。

「とっても楽しみだわ、きっと素晴らしい舞台になるわね」

「ああ——そうだといいけど」

とんとん拍子《びょうし》に行っていることが、ウィルフレッドには何だか少し不安だった。

その不安が的中したことを知ったのは、完成した戯曲を手渡してから三日後、ワイマンに教えてもらった稽古場を覗きに行った時だ。

上演まで四日を切っているというのに、大道具すらまともに出来上がっていない。数人が酒を飲みながら無駄話をしつつだらだらと木材を切ったりペンキを塗ったりしていて、とても開幕を間近に控えているとは思えない状態だ。

役者らしき姿も見えず、客席から舞台上を見遣ったウィルフレッドは困惑した。

「よう、リード先生」

練習場所を間違えたのだろうかと思い、一度芝居小屋を出るため踵《きびす》を返しかけた時、ワイマンに声をかけられた。

「ひってぇ有様《ありさま》だろ？」

陽気に問われて、ウィルフレッドはますます戸惑う。

「ええ、まあ」

「何というか、ちょうどあんたが戯曲を売り込みに来た日のうちに、芸術性の違いによって、主演女優が逃げちまってなあ」

「え⁉」

ワイマンがあまりに明るく言うので聞き違いかと思ったが、よく見れば演出家の目の下にはくっきりと隈《くま》が浮かんでいた。

「ついでに女優の腰巾着《こしぎんちゃく》もゾロゾロと。役者だけじゃなくて、大道具小道具まとめて、ごっそり他の劇団に引き抜かれやがって」

「それは……それで、大丈夫なんですか？」

「大丈夫に見えるか？」

ワイマンは元気なのではなく、やけくそらしい。

「まあ、伝手《つて》を当たって主演女優に関してはどうにか確保した。前日にならないと稽古にも参加できないと言われたが、ま、そんなのは珍しいこっちゃない。問題は、その女優のギャラを支払うと、大道具小道具を雇う金がひねり出せないってことで……」

そこでワイマンはスッと陽気な笑みを消し、真顔になってウィルフレッドを見遣った。

「リード先生、あんた、金貸してくれないか」

「――」

さすがにウィルフレッドは絶句した。

「いや勿論、勿論、興行売り上げからちゃんと返済する、利息をつけたっていい、何なら証文《しょうもん》でも書いて」

必死なワイマンの様子に、どうも危機感が募《つの》ってくる。

「申し訳ないが、こちらも余裕がない。何しろ駆け出しの自称作家なもので」

「……だよなぁ……」

がっくりと、ワイマンが頭《こうべ》を垂《た》れる。それでウィルフレッドはいくらかほっとした。無理矢理こちらから金を搾《しぼ》り取ろうとか、そもそも戯曲の採用自体が金を騙し取るための詐欺《さぎ》であるとかいうわけではなさそうだ。駄目で元々というつもりで言ってみただけらしい。

しかしそれはそれで、劇団の危機は真実だということだから、安心している場合ではない。

「うーん、大道具はいくらか新しく雇い入れたし、役者連中も全員駆り出すとして……」

「……よければ少し、手伝いを？　芝居の上演に関する経験はないが、荷運びくらいなら役に立てると思う」

こう申し出る以外の選択肢がウィルフレッドにはなかった。このまま上演が頓挫《とんざ》されたのでは困る。契約書はきっちり交わしており、ウィルフレッドの著作権は守られたままだが、上映権はワイマンに期間限定で貸し出している。別の劇団に脚本を売りつけるとしても、随分後になってしまうのだ。

「いいのか？　そりゃあ助かる！」

そう言って、ワイマンがバンバンとウィルフレッドの背中を叩いた。まるで待っていましたとばかりの勢いだ。

「あっちの若い奴が一応、裏方の責任者だ。おーい、ライ！」

舞台の隅で熱心に金槌《かなづち》を使って木材を組み立てていた小柄な男が、名前を呼ばれて立ち上がると、すばやい身のこなしでワイマンとウィルフレッドの方に駆けてきた。

「はい、何でしょう？」

蜂蜜色《はちみついろ》の酷い癖毛《くせげ》をキャスケット帽の中へと無理に収め、雀斑《そばかす》の浮いた顔でニコニコと愛想《あいそ》よく笑っているのは、ウィルフレッドよりは歳上だろうがまだ二十代前半と言ったところの、若い男だった。

「こちら、今回の戯曲を書いてくださったリード先生だ。俺たちの苦境《くきょう》を見兼ねて手伝うと申し出てくださった」

「ああ、あなたが！　僕はライ・ブラウンと言います、新聞小説読んでますよ、大ファンなんです！」

キラキラと輝く瞳で言うと、ライが両手でウィルフレッドの両手を握り締め、嬉しそうにぶんぶんと振ってきた。

「――どうも、はじめまして」

ウィルフレッドはライの勢いに押されつつ挨拶《あいさつ》を返した。

面と向かって自分のファンだと言う人間に会ったのは、エディスを除けば初めてだ。ライは子供のように無邪気な青年に見えるが、アーサー・リードの小説を読んでいるということは、下世話なタブロイド紙を購読しているということだろう。まあ、彼に限らず、男なら誰しも興味ある内容ばかり並んでいるので、不思議ではないかもしれないが。

「今回リード先生が書かれた芝居をやるって聞いて、とっても楽しみにしていまして！　やあ、上演が待ち遠しいなあ」

「ということは、もともとここの劇団にいたわけではないんですか？」

「あれ、そうですけど、よくわかりましたね」

ウィルフレッドの書いた小説が載っているのは、この地域だけで売られているタブロイド紙だ。ワイマンたちの劇団がやってきてから二週間と少し、戯曲の執筆に時間を取られていたからその間に小説が掲載されたのはたった一回、その一本を読んで戯曲を楽しみにするほどのファンになるとも思えない。

そう説明すると、ライが感心したように大きく頷いた。

「なるほど、作家ともなると洞察力《どうさつりょく》も優れているものなんですね！　たしかに僕は三日前に臨時で雇ってもらったばっかりの新入りです。ちょうど仕事を探していたところに、この劇団の裏方募集のチラシと、上演予定作品の作者にあなたの名前があるのを見たので」

「三日前……」

女優と裏方が逃げ出した時に、その穴埋めで雇われた人員ということだろう。

その新入りが責任者であるという事実に、ウィルフレッドはますます不安になった。

ウィルフレッドの心情を読み取ったように、ライが自分の胸を叩く。

「大丈夫です、こう見えて手先は器用なんですよ」

「まあ他の奴らも、そろそろちゃんと脅《おど》しつけて働かせるからさ」

ワイマンがそう言うと、ボキボキと両手の指の骨を鳴らしてから、大きく息を吸い込んだ。

「――オラァ、てめぇら！　そろそろ本気出してけよ、万が一にも持ち場が完成しなかったら金なんてもらえねえと思えよ！」

ビリッと空気が震えるような大声に、ウィルフレッドは思わず耳を押さえた。さすが役者も兼ねているというだけあって、発声はなかなかのもののようだ。一応はきちんと稽古なり、体作りをしているということなのだろうか。

「役者組も！　明日から本格的に立ち稽古に入るぞ、台詞《セリフ》は全部頭に叩き込んどけ！」

あちこちから、「はぁい」「うぇーい」などと、いまいちやる気の薄そうな声が聞こえてくる。

本当に大丈夫なんだろうか、と活気のない劇場の中を見回すウィルフレッドの背中を、ワイマンがまたバンバンと力強く叩いた。

「うちは全員、調子が出るのに時間がかかるタイプばっかりだけど、一度調子に乗ったら手がつけられないし、幕が上がるまでにはちゃんと盛り上げてくからさ。心配しなさんな、先生」

ワイマンはいささか芝居がかった大きな笑い声を残して、ウィルフレッドたちのそばから去っていく。

「さて、じゃあ僕たちも始めましょうか。あ、今からで大丈夫ですか？」

ライの問いに、ウィルフレッドは腹を括《くく》って頷くと、上着と帽子を脱いだ。この状態で、では改めて明日からなどと、悠長《ゆうちょう》なことを言っていられる気がしない。

「何をすればいい？　大道具の設計図くらいはできているのか？」

「全部好きにしていいと言われたので、ひととおりは」

笑顔でライが言うが、やはり新入りにすべて任せようとする劇団はなかなか安心できるものでもない。

だがとにかくやるしかない。ウィルフレッドはライの指示に従って、持ったこともない金槌や鋸《のこぎり》やペンキの刷毛《はけ》などと、夜になるまで格闘する羽目になった。

◇◇◇

「まあ……それで、そんなに疲れているのね、ウィル」

今日の分の作業を終え、家に着く頃にはくたくただった。玄関のドアを開けると帰りが遅いウィルフレッドを心配したエディスが飛んできて、ぐったりしている様子や、指や頬についたペンキに、目を丸くしている。

とにかく手や顔を洗い、着替えをすませてソファに座り込みながら、今日あったことをエディスに話した。

「ああ。陽が暮れてからようやく役者たちが集まって、台本の読み合わせをしていたんだけど……」

思い出して、ウィルフレッドは痛む頭を指で押さえた。

「ひどいものだった。みんな昼間からバーで酒を飲んでたらしくて、呂律《ろれつ》は回ってないし、立っていられなくて寝転びながら台詞を言う役者もいる始末だ」

およそ真剣味というものが感じられない一座だった。

役者の数自体も少なく、ワイマンも合わせて七人しかいなかった。エディス役、ウィルフレッド役、医師役、死霊魔術師役のメイン四人に加えて、アンサンブルキャストが最低でも五、六人は欲しいところなのに。

「伯爵令嬢役の女優はよその劇団から借りてきて、そのついでに端役《はやく》も数人ついてくるというけど、あまりに稽古時間が短すぎる」

「初日はもう四日後でしょう？　間に合うのかしら……」

エディスも不安そうだ。無理もない。ウィルフレッドは小さく頭を振った。

「わからない。ただ――ワイマンはもうすっかり台詞が頭に入っていたし、『ウィルフレッド』役の男は一応人気の看板役者らしくて、容姿は目を惹く。呂律が回っていないとはいえ喋《しゃべ》ると華があって、才能は持っている気はする……多分」

しかしだからこそ調子に乗って稽古をサボったり、取り巻きの女性と遊び回ったりと、羽目を外しすぎるきらいがあるようだ。

「医師役と死霊魔術師役も看板役者同様酔っ払っていてひどいものだったけど、端役の三人はなかなか芸達者に見えた。何人も別の役をこなさなくてはならないから、主役級の役者よりも巧《うま》いのかもしれない」

「ふうん、面白いのね。私、お芝居ってオペラくらいしか観たことがないから、楽しみだわ」

かつてウィルフレッドがエディスをエスコートしたのは、王立の歌劇場だった。巨大なホールの桟敷席《さじき》で、豪華な衣装や舞台装置、選《え》りすぐられた楽団の生演奏と歌い手の朗々《ろうろう》とした歌声を堪能《たんのう》したものだが。

「劇場も役者も衣装も舞台装置も王立《ロイヤル》とは比べものにならないから、違う楽しみ方で臨《のぞ》んだ方がいい。大道具に関してはライという男が本人の言うとおりかなり器用で手際もよくて、急げば何とかなりそうだけど……とにかく人手が足りなくて、小道具や衣装が難航《なんこう》している。逃げた女優が、衣装とメイク道具一式を持っていってしまったらしくて」

私物も劇団のものも根こそぎ持っていかれたとワイマンが言っていた。金だけは、そもそも持ち逃げされるほどなかったので無事だが、よって衣装を借りたり、仕立屋に頼むほどの予算もないという。

「あら！　だったら私も手伝えるわ！」

エディスが嬉々として手を叩いた。

「あまり手は早くないからどれほどお役に立てるかはわからないけど、少しは助けになれると思うの。私だけでは心許《こころもと》なかったら……」

ちらりと、エディスが部屋の隅に控えているカリンに視線を送る。

カリンが無愛想な表情のまま、ウィルフレッドに向けて頭を下げた。

「針仕事なら得意です」

「いや……しかし、確実にただ働きになるぞ。劇団にこれ以上人を雇う予算はないと言っていたし、できるだけ俺の原稿料から君の給金に上乗せはするとしても、正直なところ微々《びび》たるものにしかならない」

エディスやカリンの申し出は、舞台を成功させたいウィルフレッドにもありがたかったが、今は返せるものがない。

「――奥様によると、『アーサー・リード』先生は確実にこの先、人気の作家になるそうですので。報酬《ほうしゅう》はその時に利息付きでお支払いいただければ」

にこりともせずに言うカリンの台詞が本気なのか冗談なのか、ウィルフレッドにはいまいち判別がつかない。ただエディスは本気だと思っているようで、うんうんと大きく頷いていた。

こうしてウィルフレッドだけではなく、『リード家』総出で、舞台のバックアップに回ることになったのだった。

3

「君、可愛いね。一緒にカフェにでも行かないか？」

衣装に使うレースの束《たば》を抱えて廊下を走っていると、不意に誰かに行く手を遮《さえぎ》られたと思ったら目の前が翳《かげ》り、驚いて顔を上げたところでそんなことを言われて、エディスは怪訝《けげん》な気分になった。

「これからちょっと外に行くとこなんだ。勿論《もちろん》奢《おご》るからさ」

狭い廊下で、気づけば背中を壁に押しつけられている。相手の片腕が頭の横に置かれ、間近で顔を覗き込まれているという状態を把握《はあく》して、エディスはやっと慌てた。

「いえ、仕事がありますから」

整った顔を愛想《あいそ》のいい形に崩し、腕でエディスを壁に縫《ぬ》い止めているのは、劇団の看板役者だというチェスターだった。二十代半《なか》ばといった年齢で、ウェーブのかかった長い黒髪を無造作に後ろで束《たば》ね、シャツのボタンの上の方をきちんとはめていないから、胸というか腹の方まで肌が見えていた。

（寒くないのかしら）

身につけているアクセサリーの類《たぐい》はそれなりに上等そうなものなので、布地の足りない服しか買えない暮らしだというわけでもなさそうに見えるのだが。

「いいよいいよ、仕事なんて、またあとで。君、朝早くから来てずっと働いてるんだろ？　そろそろ息抜きが必要だと思うぜ？」

ウィルフレッドに連れられ、カリンと一緒に小さな劇場にやってきて、たしかにもう五時間以上は経《た》っている。言われてみれば休憩を取ってもいい頃合いかもしれない。

「ご親切に、ありがとう。一区切りついたら、少し休ませていただきます」

「いやそうじゃなくてさ、俺と――」

チェスターの顔がぐいっとさらに近づいてくるが、背中に壁があるためこれ以上身の引きようがなくエディスが身を竦《すく》めた時、近くで明るい声がした。

「あ、チェスターさん。ワイマンさんが呼んでましたよ、休む暇があったら裏方も手伝えって」

裏方の責任者だという、ライ・ブラウンだ。チェスターが露骨《ろこつ》に舌打ちする。

「冗談じゃねえ、俺は役者だぜ？　何で手伝わなくちゃなんねえんだよ、クソが」

今までエディスに見せていた愛想のよさと打って変わって、品のない言葉と共に顔を歪《ゆが》めて、チェスターが去っていく。

「大丈夫でしたか、リード先生の奥さん？」

人のよさそうなライに訊ねられて、エディスは自分の体ががちがちに固まっていたことに気づいた。この街に来てから、たまに買い物などで市井《しせい》の人々と言葉を交わすことはあったが、チェスターのような言葉遣いをする人に遭遇したのは初めてだ。

しかも歳の近い男性とあんなにも近づくなんて、伯爵令嬢として過ごしていた頃のエディスには、考えられないことだった。

「ええ。少し、驚いたけど……」

「気をつけてくださいね、チェスターさん、手が早いから。ここの主演女優さんが出て行ったのも、チェスターさんが他の女優と酒場の女の子とパトロンの女性にいっぺんに手を出したことにブチ切れたせいだって聞きましたし」

「そ……そうなのね」

自分が新聞に書き立てられる立場になるまで、エディスは社交界の醜聞《しゅうぶん》すらよく知らないまま生きてきた。男性は浮気をするものと、他のご令嬢たちとの会話で耳にすることくらいはあったが、そんなに一度にいろんな女性とつき合おうとする男性がいるということにも、また驚かされて動揺する。

「しかも人の物が好きってタイプですから、リード先生の奥さんなんて真っ先に狙われますよ。そのうえこんなに可愛らしい人なんだから」

真面目な顔になって、ライがエディスに忠告する。エディスはこくこくと頷いた。

「私はウィ……アーサー以外の方とお付き合いする気は、勿論ありませんから。次にお会いしたら、ちゃんとチェスターさんにお伝えします」

「いや……」

エディスも真剣に答えたつもりだったのに、ライが一瞬呆れた顔になるので、何か変なことを言ってしまったかしらと首を傾《かし》げる。

「それ、チェスターさんに言わない方が絶対いいですよ。ああいうタイプだと、余計熱くなられるだけだから」

「そういうものなのね。心に留めておくわ」

エディスは終始真剣なのに、なぜかライが面白そうな様子で噴き出した。

「これはリード先生も大変だなあ――さて、すみません、移動の邪魔をして。そろそろリード先生も休憩を取るようだから、ついでに先生と僕の分と、奥さんとあとメイドさんの分、何か食べ物を買ってきますよ」

明るく言って、ライが駆け出していく。身軽で元気な青年だ。

エディスはひとまず針仕事をする場所として提供されている楽屋に生地《きじ》を置くと、そこで猛《もう》然《ぜん》と縫い物を進めていたカリンと共に、ウィルフレッドのいる舞台の方へ移動した。

ウィルフレッドは舞台の下に寝かせた板きれにペンキを塗って、背景用の大道具を作っているところだった。

エディスもウィルフレッドの隣にしゃがみ、その様子を見下ろす。カリンはエディスたちから少し離れた場所に立った。

「すごい。朝よりもずっと進んだのね」

今朝見た時は剝《む》き出しの木板が並べられているだけだったのに、今はそれぞれ街の風景、部屋の暖炉《だんろ》や夜空など、どんな場面で使うものなのかわかるくらいにはできあがっている。

他にも、これは元から劇団にあったのだろう、ソファやテーブルなども舞台袖《そで》に運び込まれていた。

「とりあえず場面がわかればいい程度らしいから、このままいけば大道具は間に合いそうだな」

思いのほか進みがいいようで、エディスはほっとした。

「衣装も、カリンが頑張ってくれているからどんどん出来上がっているわ。前日に来るっていう女優の方のサイズがわからないのが、ちょっと困るけど……」

「女優ならプロフィールを公表してるだろうから、ワイマン氏に聞いてみます。実際の数値かはともかく」

カリンが言葉を挟む。彼女はそのあたりもきちんと考えているようだ。

「舞台美術については大体ができていれば、どうとでも誤魔化《ごまか》しようがあるだろうけど……問題は、役者の方だな」

ワイマンの話では、初日までもう朝から晩までみっちりと立ち稽古をするはずだったのに、見たところ舞台上には彼を含めて三人しか役者の姿が見あたらない。二人はたしかいくつもの端役《はやく》を掛け持ちする人たちだ。

「主演女優の合流が遅くなるなら、せめてチェスターが相手の台詞を含めてきちんと流れを把握しておいてほしいのに、自分の台詞すら覚えているのかあやしい様子なんだ」

「まあ、私なんて、もう何度も読んだから全部の台詞をそらで言えるくらいなのに」

驚いて言うエディスに、ウィルフレッドも驚いた顔になった。

「全部か？」

「ええ、全部よ。だってどの台詞も素敵なんですもの。さすがにシャンカール先生の台詞を口に出す時は、あの頃のことを思い出して、複雑な気持ちになってしまうけど」

「そうか……なら最悪、俺と君でプロンプターをやることになるかもしれないな。舞台の袖で、役者にこっそり台詞を教えるんだ」

「私もお芝居に参加できるのね？　いいわ、やりたい！」

直接観客に触れる役割ではないのだろうが、ウィルフレッドの書いた芝居に少しでも関われるのは、とても嬉しい。エディスはますます張り切った。

「あとでワイマンに提案しておこう。この調子じゃ、劇団の人間がプロンプターにまで回れるとは思えないし。役者自身で覚えてくれるのが一番ではあるんだけど」

「チェスターさん、休憩するって外に行ってしまったわ。ここで稽古をしていたの？」

「一度通し稽古はしていたけど、ワイマンからの駄目出しに文句をつけ返して出て行ってしまった。いつもそんなふうらしいが、今回は『生ける屍《しかばね》の令嬢』の方が出番が多いからと臍《へそ》を曲げて余計やる気を出せずにいるとか。やる気が出れば調子がいいとワイマンは言っているけど……」

先行きが不安だ。エディスがウィルフレッドと一緒に表情を曇《くも》らせていると、両手にサンドイッチや飲み物を抱えたライが戻ってきた。

「買ってきましたよ、昼休憩にしましょう」

「ああ、ありがとう、ライ」

ウィルフレッドが手を休め、ペンキの缶の中に刷毛《はけ》を入れて立ち上がる。

エディスも続いて立ち上がろうとした時。

「──奥様！」

「え？」

カリンの叫び声を聞いて、エディスは彼女の方へと首を巡らせた。次の瞬間、ぐいっと腕を引かれたかと思うと、顔の脇を勢いよく何かが掠《かす》め、ガラガラと大きな音が辺りに響き渡る。

「大丈夫ですか⁉」

ライの慌てた声を、エディスはウィルフレッドの腕の中で聞いた。

何ごとかと振り返ると、さっきまでエディスやウィルフレッドが座っていた辺りに、背景用

の大きな板と、いくつもの長い角材《かくざい》が倒れている。

「怪我は？」

ウィルフレッドに問われて、エディスはすぐに首を振った。

「私は平気。あなたは？」

「俺も、カリンの声で気づいたから大丈夫だ。――危ないな、支えが壊れたのか」

倒れてきた板は、ペンキを塗り終え乾かしている最中だったものらしい。本番で舞台上に置くための足がついているから、少しのことでは倒れるはずがないのだが、そこに角材が立てかけてあったせいでバランスを崩してしまったようだ。

「誰がやったんだろう、こういうのは寝かせておかないと危険なのに」

ライが、ウィルフレッドと協力して木板を起こしながら眉を顰《ひそ》めて呟いた。

「すみません、責任者の僕が気づかないといけなかったのに」

「いや――みんな手当たり次第に作業しているから、なかなか気が回らなかったんだろう。こちらでも気をつけないと」

ウィルフレッドとライが角材などを隅に寄せている様子を見ていたエディスは、カリンが青い顔で近づいてくるのを見て首を傾げた。

「カリン？　どうしたの？」

「お召し物が、破れていらっしゃいます」

「えっ⁉」

カリンの指した辺りを見下ろすと、たしかにエプロンの一部が引き裂かれている。スカートは無事だったし、その下はクリノリンで膨《ふく》らませてあるので、エディスの体に直接何かが当たるということはなかったのだが。

「変ね、板か角材が当たっただけで、こんなふうに破れるものかしら……？」

エプロンは鉤裂《かぎざ》きになっている。鋭く細いもので引っ張られなければ、こうなるとは思えず、エディスはさらに首を捻《ひね》った。

「釘《くぎ》だ」

固い声で言ったのは、ウィルフレッド。

「角材に釘が打ってある――先が飛び出す形で」

見ると、たしかに角材のうち数本、数ヵ所に釘が打ちつけてあり、尖《とが》った先端が外向きに飛び出していた。

「ライ、こんなもの、どこかに使うのか？」

「いいえ、その角材は背景用の板の支えに使う予定のものだから、釘を打っておく必要はないはずです」

ウィルフレッドが訊ね、ライが大きく首を振っている。

「というか、午前中のうちに見た時、そんなふうにはなってなかったはずだけどなあ」

「――こんなものが当たったら、ただじゃすまなかったな」

表情も固くしてウィルフレッドが呟いている。エディスも急に怖くなってきた。

「気をつけてね、アーサー、ライさんも」

大きな舞台装置を作るのは、いろいろと危険が伴《ともな》うもののようだ。

「とにかくお二人とも、無事でよかったですよ。さあ、まだまだ作業がありますし、お昼を食べてしまいましょう。温かいレモネードも買ってきたから、冷めないうちにどうぞ」

気を引き立てるように、ライが明るい声と笑顔で言う。エディスはそれで少し緊張がほぐれた。

「そうね、夜までかかりそうだから、しっかり食べましょう」

ウィルフレッドとカリンも頷き、エディスたちはひとまず、ライの買ってきてくれた食事で休憩を取ることにした。

◇◇◇

「奥様、エプロンを直してしまいましょう」

手早く食事と休憩を終え、楽屋に戻ると、カリンがエディスの破れたエプロンを見て眉を顰めながら言った。

「いいわ、自分でやるから、カリンは衣装の方をお願いね」

ひとまず簡単に縫っておいて、家に戻ってからきちんと処理すればいいだろう。手早く破れた部分を縫い合わせながら、エディスはその裂け目に改めて身震いした。

(釘がウィルフレッドや私に当たらなくて、本当によかった)

カリンが声を上げてくれなければ、もしかしたら頭や顔に当たっていたかもしれない。

「——あら？　細いリボンを入れた箱、ここに置いておかなかったかしら」

技巧を凝《こ》らす必要もなかったのでサッとエプロンの修繕《しゅうぜん》を終えて、小物作成の続きに取りかかろうとしたエディスは、休憩前にあったはずの箱がないことに気づいて首を傾げた。

「カリン、どこかに移動させた？」

「いえ、リボンは触っていませんが」

ひたすらドレスを縫い続けていたカリンが、怪訝そうな顔で答える。

「変ね、衣装は私たち以外触っていないはずだけど……」

楽屋に鍵をかけたりしているわけでもないので、もしかしたら他の作業をしている人たちが必要になって、持っていってしまったのかもしれない。

エディスは作りかけの帽子を置いて、座っていた椅子から立ち上がった。

「探してくるわ、その帽子、あとリボンをつければ終わりだから」

「私が行きます」

「大丈夫、すぐに戻ってきます」

とにかくカリンには手を休めず縫い続けてほしい。雑用は自分がやろうと決めていたので、エディスは急いで楽屋を出ると、ウィルフレッドたちのいる舞台の方へ向かった。

「いや、そういう箱を見た覚えはないな」

引き続き板にペンキを塗っているウィルフレッドに訊ねてみたが、リボンの行方は知らないようだ。

「『ハント家』の屋敷内を担当している人たちが持っていってるかもしれませんね、見た目を豪華にするよう頼んでおいたから」

ウィルフレッドの近くで張りぼての墓石らしきものを組み立てているライが言った。

「でも細いリボンを使う予定はなかったはずだけどなあ」

「ありがとう、そちらに訊いてみます」

舞台の下では、まだ客席を作らず、あちこちで大道具や小道具の作成や、照明の調整をしている。エディスはウィルフレッドたちのそばから離れて、ハント家の屋敷らしきものを作っていそうな人たちを探して、きょろきょろと辺りを見回しながら歩いた。

「おっと、かわいこちゃん」

結局舞台の方にはみつからずひとまず楽屋に戻る途中、チェスターとまた行き合った。チェスターはやけにご機嫌な様子で、にこにこと笑顔をエディスに向けている。どうやら外でエールか何かを飲んできたようだ。

「お探しのものは俺かな？」

「いえ、リボンの入った箱を」

「リボンの箱かあ！」

チェスターはすっかり酔っ払っているようで、何がおかしいのかげらげらと笑い声を上げている。

「なあ、あんた作家先生の奥さんなんだって？　とんでもなく可愛いから、てっきり新しく来た女優かと思ったぜ」

行く手を阻《はば》むようにチェスターに前を塞がれ、エディスは困惑した。

「ごめんなさい、私、急いでいて」

「アーサー・リードって、あそこにいるくそ真面目そうな、スカした野郎だろ？　ずいぶんお育ちのよさそうなツラしてるけど、あんたたち本当に庶民《しょみん》の出か？」

からかうような、疑るようなことを問われて、エディスはつい固まってしまった。

家を借りた時や誰かに挨拶《あいさつ》する時など、「中産階級の出である」ことにしようと、ウィルフレッドとは申し合わせてある。ウィルフレッドは学者の家系、エディスは商人の家系、お互い長子《ちょうし》ではないので家を継ぐ必要もなく、かといって多大な援助をもらえるほど家が裕福でもないので、若くして結婚したものの、メイドをひとり雇える程度のつつましい生活を送っている夫婦なのだと。

「もしかしたらどっちかが貴族様の落とし胤《だね》とか……とにかく、ワケあり？」

「――」

にこやかに言う酔っぱらいに、エディスはどう返していいのかわからず、黙り込んでしまった。

その様子を見て、ますますチェスターが面白そうな表情になり、ぐっとエディスの方に顔を近づけてくる。

「ん？　まさか、当たり？」

どうしよう、と身を竦ませ視線を彷徨《さまよ》わせていたエディスは、チェスターの向こうにカリンの姿をみつけてほっとした。

「カリン、こっちよ！」

声を上げ、チェスターの横を擦《す》り抜けてカリンの側へ駆け寄る。チェスターの舌打ちの音が聞こえたが、引き止められることはなかった。

「なかなか戻られないので、何かあったのかと」

カリンが胡散臭《うさんくさ》そうなものを見る目をチェスターに向けながら言う。エディスがそっと振り返ると、チェスターは舞台の方に去っていくところだった。

「あの男、奥様にあからさまな秋波《しゅうは》を送っているので、お気をつけください」

「そ……そうなのかしら……」

ライにも気をつけるように言われた。今までウィルフレッド以外の男性と二人きりになったことはなく、社交界に出る時も母親や従姉《いとこ》やアイミアと一緒で、年の近い男性と親しく話す機会もなかったから、そういった駆け引きのようなものがエディスにはまったくわからない。

「ひどい女たらしだとタブロイド紙にも書かれていましたよ。ここに来る以前にも、女性問題で公演が台なしになったことがあるとか」

「そんなことまで新聞に？　というか、カリン、あなたもゴシップ新聞なんて読むのね」

「『ハント伯爵令嬢』の芝居を、アーサー・リードの脚本で上演する劇団がどんなものなのか、気になりましたので」

カリンはいつもどおりぶっきらぼうに言うが、どうやらウィルフレッドやエディスを心配してくれてのことらしい。

「きっとあの人に近づかないようにした方がいいのね」

「はい。用がある時は私も一緒に参ります、何か少し……おかしな気がするので」

「おかしな気？」

カリンはただ無愛想という以上に考え込むような表情で、エディスに頷いた。

「リボンの入った箱を、ワイマン氏が楽屋に持ってきてくれたんです。外の荷車の上に置いてあったと」

「外の飾りにも必要だったのかしら」

「いえ、飾りに使うのはもっと安い布や旗で、サテンのリボンはなるべく主役の衣装以外には使わないでくれと念を押されました」

「……そういえばライも、大道具に使う予定はないと言っていたわ」

一体誰が、使う当てのないリボンを持ち出したのか、エディスにもたしかに妙な気がしてくる。

「今あのチェスターという男が奥様と二人きりでいるのを見て、もしやと」

「チェスターが持ち出したっていうこと？　何のために？」

「ですから、奥様と二人きりになるために」

すでにチェスターの去っていった方を見ながら、カリンが言う。

「リボンを探しに出たのが私でしたら、奥様はあの男と楽屋で二人きりになってしまったかもしれません」

カリンの言葉に、エディスはぞっとした。チェスターが新聞にまで書き立てられる女たらしだということを知ったあとでは、なおさら怖《おそ》ろしい。

「必ず私か、旦那様と一緒にいるようになさってください」

念を押すカリンに、エディスは大きく頷いた。

「そうするわ。チェスターさんには気をつける」

「いえ……あの男だけではなく」

「え？」

「裏方の責任者の金髪チビ、いえ、小柄な男性も、何だか胡散臭《うさんくさ》い気がして」

「ライさんのこと？　あの人は明るくてよく気の付く、いい人だわ」

カリンが何を疑っているのか、これに関してエディスにはまったくわからなかった。ライは押しかけるようにやってきたエディスとカリンに的確に仕事を振り、足りないものや困ったことがあればすぐに声をかけてくださいと、親切に言ってくれたのだ。

「まあ、ただの思い過ごしかもしれませんし……どこがどう、というわけでもありませんけど」

カリン自身、チェスターが相手の時とは違い、自分がライのどこを不審に思っているのか、はっきり言葉にはできない様子だった。

「言ってみればこの劇団全体、飲んだくれと女たらしと賭け事狂いのやくざ者ばかりのようですから、全員にお気をつけください」

カリンは最後にはそう乱暴にまとめた。

「わ……わかったわ。そうする」

自分が世間知らずである自覚はあるので、エディスはカリンの言うとおりにした方がいいのだろうと納得して、もう一度頷いた。

◇◇◇

納得はしたつもりだったが、しかしやはりライは「やくざ者」ばかりの劇団の中で唯一の常識人に見えるために、エディスは彼に関してあまり警戒心というものを抱けずにいた。

それよりも気になるのはチェスターの方だ。チェスターはすっかりエディスを気に入ったのか、隙あらば声をかけてくる。

「ようお嬢さん、何か手伝おうか？」

「かわいこちゃん、そんなにバタバタ走り回ってないで、ちょっとくらい飲みに行かないか？」

「はいはいわかったわかった、お嬢さんじゃなくて奥様。クソつまんねえ旦那にそろそろ飽きただろ、俺の部屋に来いよ」

チェスターはエディスが無視しても、何を言い返しても、へらへら笑うばかりでなかなか引き下がろうとせず、始末に負えない。

そんな時は毎度すかさずカリン、もしくはウィルフレッド、場合によってはライがサッと間に割り込んでくれるので、一度としてチェスターの望みが叶ったことはないのだが。

しかし上演二日前になり、もう準備は大詰めも大詰めといったところで、エディスたち臨時の人員含めて裏方は大わらわで駆けずり回り、殺気立っているとしかいいようのない雰囲気なのに、チェスターは懲《こ》りもせずエディスに声をかけてきた。

舞台袖で、複数の役を持つ役者が早着替えをする手伝いをしていた時だ。

「本番でうまいことやれるようにさ、一回くらい飲みにつき合ってくれてもいいだろ？　なあ、メアリー」

「――僕の妻に声をかける暇があったら、少しでも台本を読み込んでおいてもらいたいんだが」

反対側にいたウィルフレッドが、チェスターの口説《くど》き文句が言い終わる前に、エディスのそばにやってきた。

「はぁ、つまんねえ男は、やっぱり自分の女にちょっかいかける間男に対する台詞《セリフ》もつまんねえなあ」

チェスターが大仰に溜息をついて首を振る。

「ていうか、台本ならちゃーんと全部頭に入ってるの、わかっただろ？　読み込みが足りないってなら、演技ご指導いただいても構いませんがね、リード先生？」

からかうようにチェスターが言う。ウィルフレッドの眉根にぐっと皺《しわ》が寄る様子を、エディスははらはらと見守った。

（たしかにチェスターさん、思ったよりも、すごく、上手だったわ）

つい昨日の夜まで酒のせいで呂律《ろれつ》が回っておらず、ろくに台詞も覚えていなかったのに、今日になってからのチェスターは人が変わったようだった。

通し稽古の最初から、朗々《ろうろう》と、一度も詰まることなく台詞を読み上げ、昨日まで時々よろめいていたのが嘘のように緩急《かんきゅう》のついた動き、仕種で舞台上を行き来した。身につけているのは普段どおりの少し悪趣味に見えるシャツとネクタイなのに、どこかしら貴族風の気品ある若い男に見える振る舞いを保ち続けた。

実際のウィルフレッド・スワートを知っているエディスにしてみれば、やけに派手で気障《きざ》で喋《しゃべ》り方も大袈裟《おおげさ》だが、『真面目で一途《いちず》な子爵家の息子』としては文句のつけようがないだろう。

それをチェスターも自覚して、自信を持っている。

「二、三台詞が間違っていたのと、発音の怪しいところがあるから、そこは直すべきだな」

ウィルフレッドも、チェスターの演技に文句はないらしい。

チェスターが面白くなさそうに舌打ちした。

「台詞の二つや三つや四つや五つ間違ってたところで、客は気づかねえよ。きっちり言おうとしてまごまごやってる方が興ざめだっての」

「台詞を間違わずにしっかり覚えてまごつかないのが一番だ」

ウィルフレッドのまったくの正論に、チェスターがもう一度舌打ちして、舞台下に飛びおりた。

「どこへ行く、もう一度頭から通しだぞ」

「主演女優さまもいらっしゃらねえのに、あと何の稽古するんだってんだよ。センセーのおっしゃるとおり、カフェで台本の読み込みでもしてきまーす」

言うが早いか、チェスターはまだ椅子の用意されていない客席を駆け抜け、あっという間に姿を消してしまった。

エディスがそっと見遣ると、ウィルフレッドが苦笑して、小さく肩を竦《すく》めている。

「いいの？　止めなくて」

「いいさ、舞台上のチェスターに言いたいことは特にない。別に台詞の十や二十間違われようが飛ばされようが、らしく聞こえればそれでいいんだ。実際それほど間違ってもいなかった」

「そ、そうよね、ちょっと乱暴な言い方になったところがひとつかふたつ、あっただけよね」

エディスもすっかりウィルフレッドの脚本を覚えた気がしていたので、そんなに違っていたかしらと、少し不安になっていたのだ。

「思ったよりも、役者としての彼はずっといい。人気の看板役者だというのも頷ける。あとはもう少し、素行《そこう》をよくしてくれればケチのつけようはないんだがな……」

「でもお酒の臭い、今日はしなかったわ。ちゃんと本番に備えて禁酒を頑張っているんじゃないかしら」

「――そんなに近づいたのか」

またウィルフレッドの眉根が寄る。エディスは慌てた。

「いいえ、あの人、いつも離れていたってお酒をたくさん飲んできたのがわかったから……」

「チェスターを見張れるならいっそ都合がいいと思って、演出補助も引き受けたんだけどな。

カリンにももっと君にぴったりついていてもらえるようにしよう」

ウィルフレッドがさらに間近にやって来て、少し身を屈《かが》め、エディスの耳許《みみもと》に囁く。さぼりがちだった裏方の面々もさすがに今朝からは本気で取り組み始め、集中しているから、それを妨《さまた》げないようにするためだろうが――。

(だから、私がここでそわそわするなんて、慎《つつし》みがないわ)

そう思って、エディスは必死に顔を伏せて、ただ頷いた。

こんなに近くでウィルフレッドの顔を見たら、周りのことなど何も考えずにうっとりしてしまいそうで怖い。

「すみませーん、ご夫婦仲睦《むつ》まじいのは大変結構ですが、そろそろ役者さんたちの立ち位置を決めちゃいたくてですね」

必死に普段通りを貫《つらぬ》こうとしていたエディスの努力の甲斐《かい》なく、下からそんな声がかかった。

慌てて見下ろすと、困ったように笑ってエディスとウィルフレッドを見上げるライの姿がある。

「お邪魔するのも何かと思ったんですけど、板付きのとこだけでもあれこれ配置しときたいんで――よっと」

そう言いながら、ライが舞台に片手をかけ、身軽に飛び乗った。小柄ながらに随分と跳躍《ちょうやく》力《りょく》があって、エディスは驚いた。ウィルフレッドも意外そうな顔をしている。

「体操かサーカスの経験でも？」

「いえいえ、生まれつきです。ちょっと力の入れ加減間違えちゃったな、ははは」

明るく笑って、舞台の奥に並べてある各シーンの大道具の方へ向かっている。

「とにかく、くどいようだけどチェスターとは絶対に二人きりになるな。その他にも、もし何かあれば、すぐに大きな声を上げて俺を呼ぶんだ」

「はい」

真剣な顔でウィルフレッドに言われて、エディスはやはりときめきそうになる心を押し殺しながら、大きく頷いた。

(ウィルフレッドとただ一緒にいられるだけだって言葉に尽くせないほど幸せだけど、好きな人が生き生きと働いているところを間近で見られるのは、もっともっと幸福だわ)

ライと並んで大道具の方へ向かうウィルフレッドの姿をみつめていたエディスは、ふと、どこからか視線を感じた気がして振り返った。

「……？」

辺りを見回すが、誰かが話しかけてくる気配はない。あちらこちらで役者や裏方が、それぞれの作業を進めている様子があるだけだ。

(気のせいかしら……)

この劇団を手伝うようになってから、周囲からちらちらと見られることは多かった。きっと演劇の基本も知らない素人《しろうと》がうろうろしていることを煙たがったり面白がっている人もいるだろうからと、さして気にしていなかったのだが。

「メアリーさん？　どうしました？」

声をかけられてエディスが驚いたのは、相手がさっきウィルフレッドと共に自分のそばから離れていったはずのライの声だったからだ。

「すみません、そこのサーヴァントベルを取ってくれませんかね」

「あっ、は、はい」

エディスの足許に置いてあった小道具を取りに戻ってきたようだった。エディスは慌ててしゃがみこみ、ライに言われたベルを取り上げる。

「どうぞ」

「どこか具合でも悪いですか？　何だか浮かない顔をしていますけど」

ライが心配そうに訊ねてくる。きょろきょろと辺りを見回している様子を見られていたらしい。

「いえ……ちょっと、誰かに睨《にら》まれていたような気がして」

「見られていた」ではなく「睨まれていた」と口に出してから、エディスは先ほど感じた視線について、自分が非好意的なものであると捉えていたことに気づいた。

（そうだわ。ちょっと邪魔だなとか、場違いな人がいるなとか、そんな感じではなかった）

もっとはっきりと、敵意とか――憎しみのようなものを感じたから、思わず振り返ってしまったのだ。

そしてそれを感じたのは初めてではないということにも、エディスは思い至った。ただの興味や違和感に対して向ける眼差しの中に、うなじをちくちくと刺すように投げられた視線が何度か混じっていたと。

「ああ……それ、もしかしたらチェスターさんと関係のある女性からかもしれませんね」

ライが辺りを憚《はばか》るようにエディスの方に身を寄せ、小声で言った。

「チェスターさんと？」

「露骨《ろこつ》にあなたにちょっかいかけるんで、あなたの旦那さん以外にも、やきもちを妬《や》く人がいるってことですよ」

「な、なるほど……？」

「割と気の強い人が多いから、気をつけてくださいね。前にも役者と裏方とお客さんとが上演後にチェスターさんを取り合って取っ組みあいのケンカになったとか、気に入らない相手に平手打ちを食らわせたとか、いろいろ聞きますから」

「わ、私、全部お断りしてるのに」

取っ組みあいだの平手打ちだのの物騒《ぶっそう》な単語に竦み上がりつつ、しかしエディスは納得がいった。なるほどチェスターとの仲を誤解されているのなら、憎々しげな視線を寄越されても納得だ。

「チェスターさんが興味を持ってるっていうだけで、おもしろくない人はいるんですよ。メアリーさんはとても可愛らしいし」

にこっと、ライが笑って言う。

「だからチェスターさんがいないところでも、なるべく旦那さんやカリンさんと一緒にいた方がいいですよ。嫉妬に駆られた女性は、何をしでかすかわかりませんから」

ライの忠告に、エディスはますます身を竦ませながら頷いた。

「ええ、そうするわ」

「まあ――女性とは限らないですけどね、相手」

「え？」

「いえいえ、何でも。ベル、ありがとうございます」

チリチリとサーヴァントベルを鳴らしながらもう一度笑顔を残して、ライがウィルフレッドのいる方へと去っていく。

（小さな劇団の中でも、いろいろあるのね……）

社交界にいた時も、意中の男性を巡って仲の悪い令嬢同士がいるだとか、不倫の恋をしていて泥沼だとか、エディスも噂くらいは耳にしたことはあるが、ゴシップに興味がなかったので、今でもあまりぴんとこない。

(でも、気をつけなくちゃ。せっかくウィルフレッドが書いた戯曲が上演されるのに、ごたごたが起きて台なしになったら、嫌だもの)

あとは主演女優さえ到着してくれれば、何とか初日を迎えられそうなのだ。

どうせなら舞台は成功してもらいたい。エディスは改めて辺りを見回し、自分を睨む人がいたら「誤解ですから」ときっぱり言ってやるつもりだったが、こちらを見ている人間は結局誰一人見当たらなかった。

4

上演前日になり、ようやく他劇団から臨時で呼ばれた役者が稽古場に姿を見せた。逃げた女優に代わり、『エディス・ハント』役を務めることになる女優だ。

「シェリー・コトラーよ、短い間のつき合いになると思うけど、よろしくね」

付き人もつけず単身でやってきたシェリーは、肉感的な肢体《したい》を持つ美女だった。

チェスターに限らず、主役を張るような俳優は我《が》が強いというか、癖《くせ》の強い人間が多いらしい。ましてや余所《よそ》の看板だという女優ならば、多少高飛車《たかびしゃ》だったり横暴だったりするのではとウィルフレッドは思っていたが、その予測に反して、シェリーは気さくな笑顔をワイマンの劇団の俳優やスタッフたちに向けてきた。

「評判通り、綺麗ねえ。あのシェリー・コトラーがよくウチみたいな弱小劇団に来てくれたわ」

誰かが囁く声が聞こえる。シェリーは演劇界ではそれなりに名の通った女優であるようだ。

「でも結構厚化粧だぜ。二十代半《なか》ばってプロフィールに書いてあったけど、多分ありゃあ、三十路《みそじ》を越えてるな、確実に」

言われてみれば、『本物』のエディス・ハントの倍近い年齢なのかもしれない。

「……あれで、『エディス・ハント』の役が務まるの？」

ウィルフレッドから少し離れた場所でぼそりと呟いたのは、カリンだった。ウィルフレッドがちらりと振り返ると、カリンは部外者だからと稽古場の隅でひっそり立っているエディスの側《そば》で、眉を顰《ひそ》めてシェリーを見ている。

（たしかに、年齢はともかく、俺のエディスとはまったくタイプが違う……）

社交界の銀百合《ぎんゆり》と評されていただけあって、エディスは儚《はかな》げな美しさと、ほっそりとした頼りない肢体を持つ少女だ。貴族社会を離れてもなかなかその印象が変わらず、この劇団の裏方を懸命に手伝っている姿を見ながら、ウィルフレッドはいつもはらはらしている。エディス本人は気づいていないようだが、まったく馴染めておらず、浮いているからだ。

だからあっという間に女たらしのチェスターの目に留まり、しつこくアプローチをかけられているのだろう。

対してシェリーは、酸《す》いも甘いも噛み分けた大輪の花のイメージだ。

主演女優の演技如何《いかん》で、舞台の雰囲気はがらっと変わってしまう。結局他の劇団と同じく「煽情的《せんじょうてき》なエログロ」に陥《おちい》ってしまうのではと、ウィルフレッドは少々不安になりかけた。

——が、稽古が始まると、そんな懸念《けねん》はあっという間に吹き飛んだ。

シェリーは台本の読み合わせは必要ないと言い、すぐに立ち稽古に入ることを希望した。

「すごいわ、台詞《セリフ》、全部覚えているのね」

舞台下で稽古の様子を眺めていたエディスが、ウィルフレッドの隣で感激したように声を漏らしている。

「あなたの台本を手にしてはいるけど、一度も見ていないわ。これじゃチェスターさんだけじゃなく、シェリーさんにもプロンプターなんて必要なかったみたい」

たしかにシェリーは完璧に台詞を覚え、彼女が来る前の稽古ですでに出来上がりつつある芝居の雰囲気にもすんなり入り込んだ。

「ああ、台詞も完璧だし、それに『贋《にせ》エディス』としての演技は及第点《きゅうだいてん》、いや、それ以上だ」

贋エディスは、『死霊魔術師《ネクロマンサー》』の手によって作られた人形だ。その人形の中に死霊魔術師が邪悪な魂を吹き込み、黒幕のシャンカール医師が命じるまま、世間を震撼《しんかん》させ、ウィルフレッドを誘惑しようとする悪女である。

現実の『贋エディス』は、エディスそっくりな彼女の祖母を模《も》した人形だった。だからウィルフレッドの中でも、舞台上の贋エディスは『本物のエディス』と同じ姿、ただ言動が邪悪だからこそ滲《にじ》み出る不気味さがある――というイメージだったのだが。

「華やかで、品があって、なのにどこか、ええと……魅力的だわ」

エディスはシェリーの演技に対して当てはめる言葉がみつからなかったのか、口にすることを憚《はばか》ったのか、最後は口を濁《にご》した。が、ウィルフレッドにも彼女の言いたいことはわかる。シエリーはひどく艶《なま》めかしい。かといって下品な娼婦というふうでもなく、あくまで貴族の令嬢を演じている。そのうえ、台詞回しとちょっとした動作や立ち姿で、最初に感じた年齢よりもぐっと若く見えるのが驚きだった。

（さすがにエディスと同じ十六歳とまではいかないが、十六歳になりすまそうとしている二十《はた》歳《ち》そこそこの女性に見える）

おかげで胡散臭《うさんくさ》さが増し、シャンカール役、死霊魔術師役との絡《から》みも怪しく、禍々《まがまが》しく、ウィルフレッドのイメージどおりの雰囲気になっていた。名前が通っているのも頷ける演技力の持ち主だ。

（たしかに、言ってはなんだが、よくこんな小さな劇団の客演を受けてくれたな）

開幕直前でなければ体が空かないほど多忙な女優。ほんの二週間の興行だから来てくれたのかもしれないが、逆に言えば、その二週間のためにわざわざ時間を取ってくれたということだ。

「とっても、素敵。同じ女性の目から見てもどきどきするわ。ねえ、カリン」

エディスはうっとりと舞台上のシェリーに見惚《みと》れている。

「まあ、演技は達者なんでしょうが……、……贋エディスとしてはいいとして、本物のエディス・ハントの透明感のある美しさまでを出せるものか……」

カリンは、またひとりごとのようにブツブツ呟いていた。

（そこはまあ、多少心配なところだな）

シェリーは美しく上品だが、エディスの可憐さをどこまで表現できるのか。

「そういえばチェスターさん、遅いわね」

カリンの言葉とウィルフレッドの頷きに気づかなかったらしいエディスは、きょろきょろと辺りを見回している。

もう一人の主役であるはずのチェスターは、まだ稽古場に姿を現していなかった。だからシェリーは先に『贋エディス』の登場シーンを演じていたのだ。生前のエディスの出番は、ウィルフレッドの回想のような形で行われる。

チェスターと直接台詞のやり取りをする場面以外、一通り立ち稽古が終わってしまった。

「ったくしょうがねえなあ、チェスターの野郎。ぼちぼち真面目にやり始めたように見えたってのに……」

役者たちに稽古をつけていたワイマンが、大仰《おおぎょう》に溜息をついている。

「仕方ねえ、とりあえず先にシェリーの衣装合わせをしちまってくれ、リード先生の奥さん」

「あっ、はい」

指名されて、すっかり傍観者《ぼうかんしゃ》になっていたエディスが、ぴょんと背筋を伸ばす。シェリーの衣装はあらかじめ公称のサイズで作ってあり、最後の調整はシェリー本人がやってきてから行うことになっていた。

「では、こちらへどうぞ、レディ・コトラー」

美しい女優に敬意を持って告げたエディスに、シェリーが軽やかな笑い声を立てた。

「レディだなんて、大袈裟《おおげさ》ね。シェリーでいいのよ、お嬢さん」

シェリーとエディス、それにカリンは、一度シェリーのための大楽屋の方へ引っ込んだ。

「チェスターは大丈夫なのか、ワイマン」

その間に役者たちは休憩時間を取り、ウィルフレッドはワイマンのそばに行ってそう問いかける。

「ああ、まあ、大丈夫だろ。あれであいつ、割と繊細《せんさい》というか小心というか……人気女優があとから来るもんで、臍《へそ》曲げてんだ。喰われるのが怖いが認めるのも嫌で、ウダウダやってんだよ」

それのどこが大丈夫なのか、ウィルフレッドにはよくわからなかった。

「初日前日の朝が、一番ナイーブになるんだよな。でも昼にはすっかり開き直って、ふてぶてしい態度で現れるさ」

ワイマンと話している間に、着替えをすませたシェリーとエディス、カリンたちが戻ってくる。

「ねえ、これちょっと、地味じゃない？　もう少し胸元が開いててもいいと思うんだけど」

シェリーが、豊かな胸の辺りを片手で押さえながらワイマンに声をかけた。

「贋エディスって、貴族のお嬢様のフリをしてる呪《のろ》いの人形なのよね？　もっと人間離れした、怪しい雰囲気の方がいいんじゃなくって？」

「たしかにちょっと、襟刳《えりぐ》りが詰まりすぎか。気持ち、下品にならない程度に開いてもらえるかい、奥さん」

ワイマンはシェリーの提案に頷いている。エディスも慌てた様子で頷いた。

「え、ええ、ではもう一度、楽屋に――」

「あら、ここでいいわ。ここのレースの襟を取って、内側に織り込んで縫《ぬ》えばいいんじゃないかしら。脱ぎ着するのは面倒だから、このままやってもらえる？」

「わかりました」

手近な椅子を引き寄せて座りながら言うシェリーに頷いたのは、カリンだ。すぐにシェリーの意図を飲み込んで、手早く衣装を直し始めている。

あまりじろじろ見ては失礼だと思い、ウィルフレッドは女性陣にさり気《げ》なく背を向けた。

「本物のエディスを演じる時は、ショールで肩の辺りを隠しちゃうでしょ。だったらショールがない時は、もっと肌を見せた方が落差も出せていい気がしたのよね」

シェリーは本物のエディスと贋エディスの二役を演じる。舞台上で何度も衣装を替えなくてはならないが、いちいち全部着換えていたら時間が足りないので、基本のドレスは同じものをつけ、ドレスを飾る小道具やウィッグで変化を出すことになっていた。

裁縫《さいほう》が得意なカリンが素早く衣装直しを行っている間、エディスは少し手持ち無沙汰《ぶさた》の顔で、シェリーのそばに立っていた。

気づいたシェリーが、エディスに向けて微笑《ほほえ》みかける。

「こんな年増《としま》が、かのご令嬢の役をやるなんて、心配だったでしょう？」

やはりシェリーは気さくな、多少ざっくばらんすぎる性格の女優らしい。

「そんなことありませんわ」

エディスが即座に否定すると、シェリーがまた軽やかな笑い声を上げる。

「気を遣わないでいいのよ、間近で見ると案外皺《しわ》が目立つな――なんて、目の前で言われたこともあるし」

「まあ、ひどい！　失礼な人がいらっしゃるのね！」

憤慨《ふんがい》するエディスに、シェリーがまた笑う。

「いいのよ、それだけ舞台でのあたしが輝いていたってことなんだから。むしろ女優冥利《みょうり》に尽きるってものよ」

「……素敵……」

感じ入ったように、エディスが溜息交じりに呟いている。ウィルフレッドからは見えないが、きっとシェリーがエディスに向けて艶《あで》やかにウインクでもしてみせたに違いない。

「ま、腹立つことは腹立つから、そんなこと言った男は、酒瓶《さかびん》でぶん殴って部屋から叩き出してやったけど」

「えっ」

エディスが言葉に詰まっている。やり取りを聞いていたウィルフレッドは、つい噴き出しかけた。

(芯《しん》の強い、面白い女優だ。これはきっと、いい舞台になる)

舞台のことも役者のことも詳しく知っているわけではないが、ウィルフレッドの直感はそう告げている。

シェリーの衣装合わせがひととおりすんだ頃、不機嫌なチェスターがようやく稽古場に姿を見せた。

「おい、チェスターてめぇ」

「はいはい遅れて悪ぅございました」

ワイマンの小言を、チェスターはうるさそうに受け流している。

「あら、ようやくもう一人の主役の登場？　なら早速《さっそく》、稽古に入りましょう？」

シェリーはいつの間にか、再び舞台の上に立っていた。ショールを肩からかけて肌を隠し、ウィッグと帽子で『本物のエディス』の装《よそお》いになっている。

チェスターは「余所から来て主役の座に納まった女優」がよほど気に喰わないのか、聞こえよがしな舌打ちすると、舞台の上に飛び乗った。

シェリーの方も、稽古に遅刻した相手を軽蔑しているのか、冷ややかな眼差しをチェスターに向けている。

これで恋人同士の演技なんてできるのか――というウィルフレッドの懸念、そしてシェリーにエディス・ハントを演じることができるのかという不安は、再び綺麗に払拭《ふっしょく》された。

「さっきまでの『贋エディス』と、まるで別人みたい……！」

エディスも、再び感激した様子で両手を組み合わせ、熱っぽい眼差しで舞台上のシェリーをみつめている。

エディスの言うとおり、シェリーは見事に贋エディスと本物のエディスを演じ分けていた。

豊かすぎる胸元はうまくショールで隠され、体つきはほっそりと頼りない印象になり、喋《しゃべ》り方どころか声質まで愛らしく可憐になっている。

眼差しや仕種から贋エディスの時の怪しさが消え失せ、一途《いちず》に婚約者との恋を育《はぐく》む純真な伯爵令嬢を完璧に表現している。

（勿論《もちろん》、俺のエディスに比べれば大柄で肉づきもいいし、美しさや愛らしさは敵《かな》うべくもないが――それは俺やカリンが、まさに『本物』を知っているからで）

現実のエディス・ハントを知らない者からすれば、シェリーの演じるエディスは『これこそがエディス・ハント』と思えるものだろう。逆に、現実のエディスが舞台に立てば、世間の悪評とあまりに乖離《かいり》し過ぎて、「あれが生ける屍《リビング・デッド》の令嬢のはずがない」と落胆するかもしれない。

だからそういう意味で、シェリー演じるエディスは完璧だった。妖艶でふてぶてしい贋エディスとの対比がちょうどいい。これを一人が演じているのだというだけで、充分すぎるほど評判になる。

チェスターの方も、シェリーの巧《たく》みな演技につられたかのように、一途で情熱的なウィルフレッド青年を魅力的に演じ上げている。

ウィルフレッド本人からしてみれば、ちょっと気障《きざ》すぎるし熱すぎるのではと思わなくもないが、華のあるシェリーとうまく噛み合って、まるで一ヵ月も前から二人で稽古をしていましたというような雰囲気だ。

(やっぱりこれは、面白いことになるぞ)

ウィルフレッドは期待に胸をざわつかせた。ワイマン始め、劇団の人間たちも、シェリーとチェスターの演技に圧倒され、感動して、ひととおり稽古が終わった時には自然と大きな拍手が湧いたほどだ。

ワイマンも手を叩きながら頷いている。

「よし、流れの確認はこれで充分だな。あとは場ごとにもうちょっと煮詰めて、明日の昼ゲネプロやって、夜に開幕だ」

シェリーの参加で劇団員たちの士気も上がり、稽古場はこれまでになく熱っぽい空気になっていた。

「あんたすごいな、シェリー」

稽古前までの不機嫌さはどこへやら、チェスターは満面の笑みでシェリーに言った。

「そ。お褒《ほ》めいただきまして」

だが対するシェリーの方は、先刻まで「ウィルフレッド」の前で瞳を潤《うる》ませ、頬を薔薇色《ばらいろ》に染めていた様子とは打って変わって、再び冷淡な態度に戻っていた。すぐにチェスターに背を向けて舞台袖《そで》に引っ込もうとしている。

「余所の人気女優の客演なんて、きっとお高く止まってるくせに大したことないブスが来るだろうって思ってたんだけどさ。あんた、予想外だ」

「あたしはきっと無礼な劇団員に無礼な口を叩かれるだろうって覚悟してたから、何を言われたって平気だけどね」

「何だよ、あんたを悪く言うヤツがいたのか？　俺に言えばそんなヤツ、クビにしてやるよ」

シェリーはチェスターには答えず舞台袖からフロアに下り、ウィルフレッドたちのいる方へやってきた。通りすがりにエディスの肩に手を置く。

「楽屋に戻って休憩するわ、午後の稽古が始まったら呼びに来てもらえるかしら？」

「あ、はい！」

「――あとね、メアリーっていったっけ、あんたすごく可愛いけど、あんなクズみたいな男に引っかかっちゃ駄目よ」

チェスターは舞台上からまだシェリーに声をかけ続けている。シェリーは相手を一顧《いっこ》だにせずに言ったが、「あんなクズみたいな男」が誰だかは確かめるまでもないだろう。

エディスは声をひそめてシェリーに答えた。

「ええ、勿論。私には……その、もう旦那様がいますから」

羞《は》じらうように言いながらエディスがウィルフレッドを見上げ、ウィルフレッドも彼女を見返し微笑んだ。

それで何か察するところがあったように、シェリーが笑って、「ならいいのよ」と言い置きその場を去っていく。

「俺たちも昼休憩にしようか」

ウィルフレッドはエディスとカリンに声をかけた。エディスが頷く。

「そうね。あ、でも、私はここで急いで食べてもいいかしら？　『エディス人形』の仕上げがまだなの」

エディスは自分の足許《あしもと》に置いてある襤褸《ぼろき》切れの塊《かたまり》のようなものに目を落として言った。

贋エディスが魂を吹き込まれることになる人形だ。現実には死霊魔術師《ヒューゴ》が作った、エディスそっくりな人形――エディスの祖母、ヒューゴの妹であるサラの髪や爪を使って作られた、人と見紛《みまご》うような出来映えのものだったが、舞台上で使うのは、大きさこそ人と同じくらいあるものの、適当に手足を作って綿を詰め、ドレスを縫い付けただけのはりぼてだ。

「役者の方たちの着る衣装を優先していたら、後回しになっちゃって。急いで縫い上げないといけないわよね」

「エディス人形――」

ウィルフレッドはその人形を両手で抱え上げた。ボンネットを被《かぶ》った頭につけられているのは、髪に見立てた灰色の毛糸だ。癖がついて丸まり、縺《もつ》れて、なかなかひどいものだった。

「サラの人形とは似ても似つかないな。ヒューゴが見たら、憤死するんじゃないか?」

ウィルフレッドは小声で呟いた。エディスが苦笑する。

「もう少しは綺麗にしてあげたいわよね。幸い、シェリーさんの衣装合わせがすぐに終わったから、明日の夜の開幕までには何とかするわ。ええと、顔はあまり人間らしくない方がいいということだから、ボタンや縫い取りで作るとして……」

「もう少し手足の綿を増やしましょう。見るからに人形らしい方がいいとはいえ、あまりくったりしていては不自然すぎますし」

エディスとカリンがその場に座り込み、ウィルフレッドも彼女たちに倣《なら》った。

「あら、あなたはお食事をなさって。大道具を手伝って疲れてるでしょう、アーサー」

「時間もないし、交代で食べながらやろう。この髪の縺れを直せばいいかな」

とにかく本番まであと、丸一日しかない。思わぬ形で関わることになったが、ウィルフレッドもエディスもカリンも、劇団のため、舞台の成功のためにできることをすべてやろうと心をひとつにした。

最後の最後まで準備や稽古に全員走り回り、慌ただしいながらも、ウィルフレッドの脚本処女作『ハント伯爵《はくしゃく》令嬢の真実』初日の幕は無事上がった。

元々『ハント伯爵令嬢もの』としての期待値が高く、さらにシェリーの客演、あとは女たらしのチェスターが町の可愛い女性たちに片端から声をかけたのが宣伝となり、客入りも上々だった。

◇◇◇

そして初日の幕が下りるやいなや、舞台は新解釈だと街中で評判になった。

シェリーの妖艶で不気味な人形・可憐な令嬢との見事な二役、死霊魔術師という謎めいた設定、医師シャンカールの狂気、何よりエディスとウィルフレッドの死によって決着する悲恋が、特に女性客の心をがっちり摑んだようだ。

「チェスターもなあ、調子がいい時は本当にとんでもなくいいからさ」

三日目夜の公演中、立ち見ですら満員でチケットの取れなかった人たちが芝居小屋の周辺に集まる様子を見てきたというワイマンは、上機嫌だった。

エディスとカリンは衣装や小道具にトラブルがあった際はすぐに対応できるよう舞台袖に控えており、そのそばで、ワイマンが隠しきれないにやつきを隠すように口許を掌《てのひら》で撫でている。

舞台上では、いよいよ『ウィルフレッド』がシャンカールと死霊魔術師と対決するという緊迫した場面だ。

チェスターは迫真の演技で、シャンカールを批難《ひなん》し、追い詰めている。

「あいつは酒癖はともかく、女癖さえなければ、一流の役者になれると俺は思ってるんだが……」

初対面の時にシェリーから冷たくあしらわれたことで臍を曲げたのか、チェスターは初日の開幕直前までまた姿を見せなかった。『女のところに行ったら、行かないでって甘えられちまってさあ』などとヘラヘラしているチェスターに、さすがにワイマンも顔を真っ赤にして怒鳴り散らしていた。

それで一応は反省したのか、初日のチェスターの演技は、稽古の時以上に熱の入ったものになった。

ウィルフレッド以外の男性はすべて同じように見えてしまうエディスにだって、舞台上のチェスターはとても素敵に見えたものだ。

「でも女性とたくさんお付き合いするより、お酒を飲み過ぎる方が、役者としては悪いことなんじゃないかしら。酔って呂律《ろれつ》が回らないとか、宿酔《ふつかよ》いで調子が出ないとか……」

エディスは会ったばかりのチェスターを思い出して言った。ワイマンが首を振る。

「そりゃ本番までそうなら問題だけどさ。あいつは本番が近くなるとちゃんと酒が抜ける」

そういえば、たしかにここのところチェスターからアルコールの匂いがしていないことを、エディスは思い出した。

「ただ、女癖の方は……三日前から自重《じちょう》したところで、四日前に弄《もてあそ》んだ女に刺されでもしたら、板に乗れないだろ」

「そ、そこまで拗《こじ》れることがあるのね、女性関係って」

「女の興行主と拗れたせいで潰れた舞台だってあったしなあ」

ろくな思い出ではないのだろう、ワイマンが天を仰《あお》いで溜息をついている。

「まあ今回の出来は、今まで見てきた中でもあいつの最高の部類だ。シェリーも文句のつけようがないし、この調子なら上演延長できるかもしれん。役者もだがとにかく脚本がいい、リード先生様々だぜ」

ウィルフレッドが褒められて、エディスはにっこりした。

端役《はやく》が台詞を忘れたり、舞台上で小道具が壊れて誤魔化《ごまか》すのに苦労したりというささやかなアクシデントは数え切れないほどあったが、概《おおむ》ねのところですべてがうまくいっていた。

上演期間の予定は二週間、中日《なかび》の七日目にささやかながらワイマンから飲食物が振る舞われた。

明日も昼から公演があるので、酒は二杯までと釘《くぎ》を刺されたが。

「なあ、あんたいっそうちの劇団に移籍してこいよ」

チェスターは懲《こ》りずにシェリーを口説《くど》き、シェリーは冷たい顔で生返事ばかりをしていたが、チェスターの手には酒のグラスではなくコーヒーのカップが握られている。

（本当に、お酒の方はしっかり断《た》てるのね）

何となくその様子が視界に入ってきて、エディスはひっそり感心した。ワイマンから聞いたところによると、本番前から無事幕が下りるまで、チェスターは一滴も酒を口にしないそうだ。そこに至るまでに数々の失敗があったからだとはいうが。

「奥様、もう少し料理をお取りしましょうか？」

立食式のパーティで、特に男性陣がガツガツと食べているから、エディスはなかなか料理を皿に取ることができない。カリンは気遣ってくれるが、エディスは首を横に振った。

「私はもう充分。それよりも、紅茶……はないのね、なら、コーヒーを持ってきていただける？」

「かしこまりました。旦那様もコーヒーを？」

カリンがエディスの隣でクランペットをつまんでいたウィルフレッドにも声をかける。

「いや、自分で取るよ。メアリーのも取ってくるから、カリンは自分の食べ物を取っておいで」

コーヒーはカップに注《つ》がれたものが並んでいて、あまり美味《うま》くはないので人気がなかった。それでも人だかりはあるのでカリンに任せるのは忍びなかったのか、ウィルフレッドがそう答えるとコーヒー置き場に向かう。

「アーサーの言うとおり、カリンも好きに食べてね。せっかくワイマンさんがたくさん用意してくれたんだから」

「わかりました。では、お言葉に甘えて」

カリンが自分の分の取り皿を手に、料理を取りに行った。

さほど大人数ではないのだが、場所がこぢんまりとしたホワイエなので、人いきれがする。

「今日はずいぶんな大盤《おおばん》振る舞いらしいですね」

エディスが小さく溜息をついていると、声をかけられた。いつの間にか隣に、エールの入ったグラスを手にしたライが立っている。

「いつもなら中日でもエールを一杯奢《おご》って終わるところが、今日はずいぶんいい店から料理を頼んでるみたいですよ」

「そうなのね。でもみなさん本当に頑張ってるもの、どれだけ労《ねぎら》ってもきっと足りないわ。ライさんも、お疲れ様です」

大道具の方も、場面の入れ替えに焦《あせ》ってあちこち破損したり、ペンキが剝げたりと、公演ごとにトラブルに見舞われている。ライは逸早《いちはや》くそれに気づいて、率先《そっせん》して修繕してと、忙しそうだった。

「僕は役者さん方に比べれば楽なもんですよ。メアリーさんも、細かなメンテナンスお疲れ様です」

ライがエールのグラスを掲《かか》げた時、料理の取り皿を両手に持ったカリンが戻ってきた。ライとエディスの間に身を押し込み、さり気なくライを遠ざけている。

「失礼。――奥様のお好きそうなケーキがあったので、取ってきました」

「まあ、ありがとう。おいしそうね、いただくわ」

食事はもうお腹一杯だが、スイーツならもう少し入りそうなので、エディスはカリンからケーキの載った皿を受け取った。

「やあライ、お疲れ様」

両手にコーヒーカップを持ったウィルフレッドも戻ってくる。カリンと反対側のエディスの隣に収まった。

「大道具も大変そうだな」

「急場拵《ごしら》えのものが多いから、すぐ壊れがちなんですよね。直すのはそう手間じゃないからいいんですけど」

「いや、ワイマンもライが来てくれて助かってると思う。何しろ見た目以上に力も体力もあるし」

そう、ライは小柄で細身の見た目に反して、相当な力の持ち主だった。重たい大道具もひとりで軽々持ち上げ、誰よりも忙しく走り回って、それで誰よりも一番元気そうだ。他の面々が夜の部の公演を終えてぐったりしている中で、このホワイエにテーブルや皿などを並べる手伝いも、ライだけが率先してやっていた。

「まあ、それだけが取り柄みたいなもんですから、僕は」

ライは気負いなく笑っている。忙しさに殺伐《さつばつ》としがちな裏方で、この蜂蜜色《はちみついろ》の髪と雀斑《そばかす》を持つ明るい青年がいつもニコニコしているから、何かとスムーズにいっているような気が、エディスにはしていた。

「残り一週間、裏方同士、頑張りましょうね」

励《はげ》まし合うようにエディスは言ってから、ウィルフレッドの取ってきてくれたコーヒーに口をつけた。

「……あら、このコーヒー、少し濃いわね」

日頃あまりコーヒーを飲まないエディスは、慣れない苦みに軽く眉を顰めた。

「ミルクを入れた方がよかったかな。取ってこよう」

「ううん、平気。ケーキがうんと甘いから、このくらいで」

「……いや、でも、本当にずいぶん濃いな」

同じくコーヒーに口をつけたウィルフレッドも、眉根を寄せている。

「料理はなかなか美味いのに、コーヒーは適当だ」

「あちらにワインもありましたから、お持ちしますか？」

「そうだな、口直しに――」

カリンの言葉にウィルフレッドが頷きかけた時、少し離れたところで悲鳴が上がった。

「えっ？」

エディスたちは驚いて声の方を振り返る。悲鳴とほぼ同時に、どすんと重たいものが倒れる音、続いて皿やグラスが割れる音も響いた。

「何だ――チェスター!?」

音の出所を見たウィルフレッドが目を見開いた。エディスも、料理と飲み物で服を汚しながら床に倒れているチェスターの姿をみつけて、小さく悲鳴を上げる。

「何だ、どうした！」

「やだっ、泡噴いてるわよチェスター！」

床の上で、チェスターが苦しげに両手で首を掻《か》き毟《むし》り、転げ回っている。離れたところからでもわかるくらい、顔が紫に変色していた。

ウィルフレッドがチェスターの元へ駆け寄り、エディスも続いた。

「何があった？」

苦しむチェスターのそばに膝をついたウィルフレッドが問いかけるが、チェスターはそんな声など耳に届いていないように、白目を剝《む》いて身悶《みもだ》えしている。

「わ、わかんないわ、普通に笑ってお喋りしてたら、急に」

チェスターは数人の劇団員たちと談笑中、突然倒れたらしい。

「ワイマン、お医者様を呼んでちょうだい！」

狼狽《うろた》える一同の中、真っ先に声を上げたのはシェリーだった。彼女はチェスターが口説くのを鬱陶《うっとう》しがって離れていたようだが、今はさすがに心配して、そばに駆けつけたようだ。

「誰か、とにかくどんどん水を持ってきてくれ」

ウィルフレッドがチェスターのネクタイとベルトを引き抜いて服を緩《ゆる》め、自分の首を傷つけないようにその手を押さえ込みながら言う。

「チェスターを押さえるのも手伝ってくれ、その辺りの割れたものも片づけて！」

「はっ、はい！」

エディスは急いでエプロンをドレスから取り去ると、そのエプロンで周囲に散らばる皿やグラスの欠片《かけら》を向こうへと押し遣った。カリンも同じようにしている。

「水を持ってきました、どうしますか！」

ピッチャーごと水を運んできたライが訊ね、ウィルフレッドがそれを毟り取るようにして注《そそ》ぎ口をチェスターの口に宛《あて》がった。

「チェスター、苦しいだろうがとにかく水を飲むんだ」

すぐにウィルフレッドの意図を察したように、ライがチェスターの体を起こして水を飲みやすい体勢を取らせた。

「ねえ、チェスターさんはどうしたの？」

苦しがって顔を背《そむ》けようとするチェスターの頭を押さえつけ、強引に水を飲ませているウィ

ルフレッドに、はらはらしながらエディスは呼びかけた。

「多分、毒を飲まされている」

「毒⁉」

ウィルフレッドは小声で言ったが、周囲の人たちの耳にも届いたようで、にわかに場が騒然となった。

「ど、どうする、医者だけじゃなくて警察を……」

「待って！」

狼狽える劇団員たちを一喝《いっかつ》したのはシェリーだ。

「まだそうと決まったわけじゃないんだから、騒ぎ立てないでちょうだい。もし明日からの興行に響いたら、あんたたち、食いっぱぐれるわよ」

シェリーの言葉に、劇団員たちが黙り込む。

ウィルフレッドとライはまだチェスターに水を飲ませようと苦心惨憺《さんたん》していた。

「よし、いいぞチェスター、飲んだら、全部吐き出すんだ。吐き出せば今より楽になる、頑張れ」

チェスターは呻《うめ》き声と共に、バケツに水を吐き出した。ウィルフレッドがまた水を飲ませ、チェスターが吐き出し、それを繰り返していくうち、チェスターの顔に少しずつ赤味が差していく。

げほっと一際盛大に水を吐き出してから、それまで強張《こわば》るように震えていた腕を、チェスターが床に叩きつけた。

「く……っそ……、クソ！　何だ、これは……！」

「じっとしていろ、すぐに医者が来る」

ウィルフレッドの言ったとおり、そう待つまでもなくワイマンが医者を連れて戻ってきた。医者はすぐにチェスターを病院に運ぶよう指示して、ワイマンやライたちがそれを手伝って芝居小屋を出て行く。

打ち上げを続ける雰囲気ではなくなり、残された人々は何となく皿やグラスを片づけ始めていた。ウィルフレッドの口にした「毒」という言葉を聞いてしまっては、それ以上料理や飲み物を口にする気分でもなくなってしまったのだろう。

「待ってくれ、後片付けは僕たちが引き受けるから」

他の劇団員たちを制止したのはウィルフレッドだった。

「みんなはもう帰った方がいい、明日も公演があるんだから、備えなければ」

「そう……？　なら、任せるけど……」

皆怖《お》じ気《け》づいたような、急にこの一週間の疲れが出たような様子で、ウィルフレッドの言葉に従った。

ただ一人、シェリーだけがひどく心配そうな、青ざめた顔で、チェスターの運ばれていった出入り口の方を見て立ち尽くしている。

「すまない、メアリー、カリン、君たちは残って手伝ってくれるか？」

動揺していたエディスは、ウィルフレッドが自分の偽名を呼んだことに、すぐには気付けなかった。

「メアリー？　大丈夫か？」

「あっ、え、ええ、私は平気。それよりチェスターさん、大丈夫かしら」

「わからない、医者に任せるしかないな……ああ、ここはいいから、他のところを片づけてくれるか」

ウィルフレッドはチェスターの倒れていた辺りの皿やグラスの破片を集め、エディスたちには他のテーブルのある方を指した。

「あたしも、手伝うわ」

シェリーもエディスたちの方へやってきた。やはりひどく顔色が悪い。

（たとえ苦手な人であっても、相手役なんだもの。動揺しても当然よね……）

いい気味だなんて思えるわけがないのだろう。真っ先に帰ったりせず、手伝いを申し出てくれたシェリーの優しさに、エディスは心を打たれた。

「──ではあなたも、他のテーブルを。ここは割れたものが多くて危険だ、主演女優に傷をつけるわけにはいかない」

シェリーは微《かす》かに苦笑して、場所を移すエディスとカリンについてきた。

「とんだことになっちゃったわね」

苦笑いを浮かべたまま言うシェリーにどう答えたらいいのかわからず、エディスはただ頷いた。

「明日の幕、ちゃんと上がればいいけど……」

「そうですね……」

シェリーもエディスもあとはお互い何も言わず、全員で黙然《もくねん》と後片付けを続けた。

その後すぐに料理を作った店の人たちも皿を引き上げにやってきたおかげで、片付けは思ったよりも早く終わった。

(コーヒーに毒って、まさか、料理を運んでくれたお店の人が……、……ということは、ないのかしら)

ウィルフレッドはただ彼らに対して食器を割ってしまったことを詫《わ》びただけで、特に何か訊ねたり引き止めることもなく終えた。だとしたら店を疑う必要はないのかしらと、エディスも余計なことを言わずにおく。

ホワイエがすっかり綺麗になると、シェリーもホテルに帰って休むと言い、エディスたちも馬車を拾って借り家へと戻った。

「ウィル、チェスターさんが毒を飲まされたって、一体……」

駁者《ぎょしゃ》に聞かれない方がいいと思い馬車の中でも口を噤《つぐ》んでいたが、家の中に入った途端、エディスは我慢できずにウィルフレッドに訊ねた。

ウィルフレッドが浮かない顔で頷く。

「チェスターの顔色、手足の硬直、発汗《はっかん》と呼吸困難——少し前に本で読んだ症状とそっくりだったんだ。種類は特定できないが、何らかの毒物だと考えて間違いないと思う」

小説の参考にするためか、単なる趣味のためか、とにかくウィルフレッドは毒物についても調べていたらしい。

「だからチェスターさんが倒れているのを見て、咄嗟《とっさ》に対処ができたのね、ウィル」

エディスはウィルフレッドの知識と行動力に改めて尊敬の念を感じたが、ウィルフレッドの表情はさらに曇《くも》っていく。

「——コーヒーのカップは、誰がどれを取るのかなんて、わからなかったはずだ」

「え……」

すぐにはウィルフレッドの言う意味がわからずエディスが戸惑っていると、一緒に話を聞いていたカリンが頷いた。

「ええ、どの飲み物も食事も自由に取り分けできるようになっていて、皿やグラスは一箇所にあったものを無作為に手にする形でしたから」

「ワインはボトルがテーブルに置かれていてそれを各自勝手に注いでいた。が、コーヒーは誰かがあらかじめ注いであって、よく考えたらひどく不自然だったんだ。せっかく店側が、保温性のあるポットに入れて運んできてくれたのに」

そこまで聞いて、エディスはようやく状況を把握した。

「コーヒーも、ワインのようにそれぞれが飲みたい時に飲みたい分だけを注いだ方が、温かいまま飲めたのに……」

ウィルフレッドが頷く。

「そうだ。そして毒と思《おぼ》しきものを飲まされて倒れたのはチェスターだけ。とすると考えられる可能性は、誰かがひとつのカップだけに毒を仕込んだということだ」

「ポット自体に毒を入れたら、もっと多勢の人が倒れていたものね」

言ってから、エディスは自分の言葉に震えた。

「チェスターさん一人が狙われていたのかしら……？」

「わからない。たとえば誰かがチェスターにコーヒーを運んでやる間に毒を入れたなら、そうだろう。ただあの時見ていた限り、チェスターは何度も自分でコーヒーを取りに行っていたと思う」

「チェスターさんのこと、気にしていたの？」

エディスはほとんど周囲に注意を払っていなかったので、チェスターの動向を見ていたというウィルフレッドに驚いた。ウィルフレッドが苦笑する。

「また俺の奥さんに妙なちょっかいをかけやしないかと、警戒していたんだ」

「あら」

自分のためだと知って、エディスはほのかに頬を赤くしてから、そんな場合じゃないわと急いで顔を引き締めた。

「それに君と俺の分のコーヒーを取りに行った時、ちょうどチェスターとかち合った。だからもし、あれが……チェスターではなく無差別に誰かに飲ませるつもりの毒だったら、俺かエディスが飲んでいても不思議じゃなかった」

「……っ」

エディスは指先が冷たくなるのを感じた。たしかにウィルフレッドの言うとおりだ。

「やけにコーヒーが苦く感じたのは、もしかしたら毒に気づいてすぐに吐き出させないようにするためかもしれない」

「では、犯人はずいぶん周到な者だということですね」

日頃淡々としているカリンも、さすがに青ざめた顔で呟いた。

「少なくとも、ワイマンが中日に何かしら劇団員に奢ることがあると知っている者……もしくは常日頃から毒を持ち歩いている者ということだとは思う」

「どのみち変質者だわ」

吐き捨てるようにカリンが言った。

「……あの、私、少し気になっていて……」

震える声でエディスも声を上げる。

「もしかしたらだけど、倒れてきた大道具に釘が打たれていたのも、手違いや偶然じゃないんじゃ、って……」

その可能性に気づいてしまえば、怯《おび》えずにはいられない。

上演期間が始まる前の準備中、大道具の背景がエディスたちに向けて倒れてきたことがあった。書き割りの角材には必要のない釘が打ちつけてあり、釘が飛び出していたせいで、エディスのエプロンは引き裂かれてしまった。

「誰かが劇団に恨みを持っていて、誰でもいいから傷つけたかった……とかなのかしら……」

「わからない。正直に言えば、俺は釘に関してはチェスターの仕業《しわざ》かもしれないとも思っていたんだ」

「え？　どうして？」

「リボンの入った箱がなくなったと言っていただろう？　その時、どうもチェスターが君と二人きりになるためにした悪戯《いたずら》らしいと」

たしかにあの時、カリンがその心配をしていた。一応エディスもそれについてウィルフレッドに伝えてはあった。

「だから大道具も、君を危険な目に遭《あ》わせてあわよくば自分が助けて株を上げるとか、そういうせせこましい演出を考えていたのでは――と思っていたけど、チェスター自身が被害に遭ったのなら、違うな。あの苦しみようは役者とはいえ、演技じゃない。チアノーゼまで起こしていたんだ」

しかも公演期間の真っ最中だ。チェスターはいい加減なところもあるが、芝居に対してだけは真面目に取り組んでいるように、エディスの目には映っている。

「とにかく今のところ考えられるのは、チェスターに的を絞《しぼ》ったものか、無作為か。コーヒーの件と大道具の件、リボンの件はどれも繫がっている証拠はないが、全部同一人物による仕業だとしても、逆にすべて無関係なのにこうも頻発《ひんぱつ》するということも、何にせよ異常だ。エディス、カリンも、身のまわりに気をつけてくれ」

真剣な顔で言うウィルフレッドに、エディスは身を竦《すく》めながらも頷いた。

「あなたも気をつけてね、ウィル」

「ああ、ありがとう」

だが、相手も目的もわからない行為に、どう気をつければいいものか――エディスは不安な心地で一晩を過ごした。ウィルフレッドがそっと抱きしめてくれていなかったら、きっと朝まで怯えながら過ごしただろうが、相手の温かさを感じてどうにか眠りにつくことができた。

翌日、チェスターのことが心配だったので、昼公演まで時間はあったが朝早くにウィルフレッドはエディスとカリンを伴《ともな》い芝居小屋に足を運んだ。

「それが……あんまりよくないんだ」

客入れ前、まだがらがらの芝居小屋、舞台の下に立って口を開いたワイマンは、一晩でげっそり窶《やつ》れていた。

他の劇団員たちもチェスターのこと、あるいは公演の行く末が気懸《きが》かりでじっとしていられなかったらしく、半数以上の面々がすでに芝居小屋に姿を見せている。

「命に別状はないって医者は言うが、まともに立ち上がれないし、時々呂律も怪しい。少なくとも今日明日にしゃんとして舞台に立てるってもんでもないらしい」

「そんな……」

エディスが悲痛な呟きを漏らした。話を聞いた劇団員たちも、暗い顔で溜息を吐き、首を振っている。

「医者は、原因を何て？」

ウィルフレッドが訊ねると、ワイマンが小さく頷く。

「あんたの言ったとおりだ、リード先生。何らかの毒物を飲んだってことらしい。あんたの処置が早くて的確だったからあの程度で済んだと。下手すりゃゆうべのうちに死んでたかもしれないってよ、あんたはあいつの命の恩人だ」

　死んでいたかもしれない、という言葉で、気弱そうな女性劇団員は顔を覆《おお》って泣き出した。もしかしたらチェスターといい仲だったのかもしれない。

「――で、だ」

　改まった態度で、ワイマンがウィルフレッドに向き直る。

「物は相談なんだが、あんた、ウィルフレッド役をやってくれないか？」

「……は？」

　ウィルフレッドは思わず間の抜けた声を出してしまった。

「いや、いや、いや、面喰らうのも戸惑うのも当然だがな。これでも一晩中、魘《うな》されるチェスターの枕元で真剣に考えたんだよ。多分こいつはしばらく使い物にならん。が、楽しみにしている客がいる以上、それに小屋を借りた金を返さなければいけないって都合上、こんなに早く幕を下ろすわけにはいかない。まだ公演期間のやっと半分なんだ」

　ずっと言うべきことを考えていたのだろう、ワイマンはウィルフレッドに口を挟ませない勢いで捲《まく》し立てた。

「知っての通り評判もすごい、雑誌や新聞からの取材も次々やってきて、チケットはダフ屋《scalper》が高値で不正転売してる。あとちょっとで興行主の方から頭を下げて『公演期間を延長してくれ』ってこっちに頼み込んでくるような勢いなんだ。ウチみたいな弱小劇団には数年に一度やっと訪れるかってチャンスなんだ、わかるだろう⁉」

「それは――勿論、事情はわかるが……」

ワイマンの劇団の運営資金はカツカツどころか、下手をすれば赤字、この公演が失敗に終われば大赤字だというのは、嫌と言うほどわかっている。何しろ以前、ワイマンはウィルフレッドにまで借金の申し込みをしてきたのだ。

だからこの公演の成功には、劇団の存亡が賭けられていると言って間違いない。

かといって、これが処女作という脚本家であり演技に関してはまったくの素人《しろうと》であるウィルフレッドに、よりによって主演の代役を頼むなど、正気の沙汰《さた》とは思えない。

そう反論したが、ワイマンは少しも引かなかった。

「そう、作者のあんたなら台詞は覚えてるだろうし、人物の心情だって掘り下げるまでもなく理解してるだろ。それに間近で稽古を見てきて、芝居の段取りもわかってる。他に適任がいるか？」

「シェリーのように、他劇団から借りてくるのは？」

ウィルフレッドはシェリーの姿を目で探しながら言った。シェリーはまだ芝居小屋に姿を見せていないようだった。

「シェリーがすぐに稽古に入れたのはあらかじめ台本を送っておいたからだし、すぐにウチの芝居に馴染んでくれたのは彼女の才能だ。そんな時間はないし、そんな有能な俳優を雇《やと》う金がウチにあるもんかよ」

「他の役者……は、そうか、全員掛け持ちか……」

ワイマンの劇団は少人数だ。シャンカール役、死霊魔術師役のような名のある役に就《つ》いている者ですら、場面によって端役として出演する。他の劇団員も複数の役を兼ねていて、ほとんどの場面に出突《ず》っ張りのウィルフレッド役を演じることは難しいだろう。

「あんた自身はハント伯爵役しか持ってないだろう、ワイマン。伯爵役ならほとんどの出演が冒頭で、途中のシーンは削《けず》ったって筋に変わりはない、今から脚本を手直ししても――」

ワイマンは劇団の代表者兼、演出家兼、役者だ。ウィルフレッド以上に芝居について詳しいし、台詞だって覚えているに違いない。その上彼の演技はなかなか堂に入ったもので、場数の多さを思わせる立ち回りだった。

「俺に貴族のお坊ちゃん役ができるとでも？」

そう思って言ったウィルフレッドに、ワイマンが肩を竦めてみせる。

「そりゃ演技で何とかできりゃいいけどな。俺のシルエットが浮かんだ瞬間、観客は爆笑の渦《うず》に叩き込まれるって、簡単に想像できるだろ？」

「……」

ウィルフレッドは思わず返答に窮《きゅう》してしまった。本人の言うとおり、ワイマンは大柄で屈《くっ》強《きょう》そうな体つきに、大衆酒場の店主、あるいはギャング役がしっくりきそうな強面《こわもて》だ。子爵《ししゃく》家ご令息《れいそく》の青年を演じるには年がいっているし、シェリーのように演技で誤魔化すにしても、体格が立派すぎて無理が出る。

「なら――ライは？」

まるで指名されることを避けるように客席の隅で小さくなっていたライは、ウィルフレッドに名指しされると、ぶんぶんと大きく首と手を振った。両目に涙まで浮かべている。

「ぼ、僕は無理です、勘弁してください！　極度の上がり症なんです！」

たしかにこの様子では、とても主役として舞台に上がることはできないだろう。ウィルフレッドは溜息を吐《つ》いた。

「僕にだって無理だ、演技なんてやったことがないし、台詞を覚えていたところでチェスターのように振る舞えるわけがない」

「――頼む、この通りだ！」

頷きかねるウィルフレッドの前に、ワイマンが膝をついた。深く頭を下げている。

「チェスターが戻ってくるまでの数日でいい、今休演なんてしたら、せっかくつきかけた客があっという間に離れちまう。でも長年劇団やってる俺の勘が告げてるんだ、この舞台、あんたの『ハント伯爵令嬢の真実』が、この劇団の正念場《しょうねんば》なんだって！　頼むから最後まで戦わせてくれ！」

自分よりずっと歳上の、それも屈強な大男が必死に頭を下げている姿を見て、ウィルフレッドはそれ以上突っぱねるのが難しくなってしまった。

「――僕に演技なんて期待しないでくれよ。舞台に突っ立って、覚えている台詞を言うだけだ」

溜息交じりのウィルフレッドの言葉を、すぐに了解と受け取ったらしく、ワイマンは嬉々とした表情で顔と体を起こした。

「それでいい！　とにかく役としての体裁《ていさい》が整ってりゃいいんだから」

つまりは幕が開いて下りるまで、『ウィルフレッド』として立っていれば、それだけで充分だということだろう。案山子《かかし》よりはましという程度か――と苦笑するウィルフレッドを見て、ワイマンが軽く首を捻《ひね》った。

「まあ大した期待はしてないが、ただ、あんた、何かこう……品がいいんだよな。立ってるだけでも貴族のご子息って雰囲気があるし、余程の棒読みでもなけりゃ、そう悪くないと思うんだよ。チェスターの演技はそれとして、ウィルフレッドのイメージにぴったりっていうか」

実際に子爵家ご令息どころか、ウィルフレッドこそが本物の『ウィルフレッド・スワート』なのだから、当然だろう――などとまさか口にできるはずもなく、ウィルフレッドは曖昧《あいまい》な苦笑を浮かべ続けた。

「それに年齢の割に落ち着いてるっていうか、チェスターとは違う方向でふてぶてしい……いや、しっかりしてるから、緊張で舞い上がって台詞が抜けるなんてこともなさそうだし」

あまり褒められている気はしない。冷静で堅物《かたぶつ》で可愛げも面白味もないという陰口は、貴族社会でも面と向かって、あるいは聞こえよがしに、さんざん聞かされた。自分でもそう思っている。

「それに何しろ、脚本は最高だからな。多少役者に粗《あら》があっても、内容の方でカバーできるさ」

そう言って、ワイマンが片目を瞑《つむ》る。そう持ち上げられては、やれるところまでやるしかないという気分になってしまう。何しろこれはワイマンの劇団の芝居であり、ウィルフレッドの作品であり――何よりウィルフレッドとエディスのための物語なのだから。

「休演で全部台なしになるか、僕の演技で台なしになるかの違いくらいに思っていてもらえれば気が楽だけど……さすがにぶっつけ本番なんていうのは無理だ。今日だけでも休演にできないか？」

すべての台詞と流れが頭に入っているとはいえ、実際に演じるのでは話が違うだろう。一度だけでも通し稽古をさせてほしい。

そう言ったウィルフレッドに、ワイマンは少し考え込んでから頷いた。

「昼公演だけ休止だ。代わりに、楽日は昼の前に朝公演も入れる」

「――わかった」

夜まであと十時間足らず。そこで何とか見られるものに仕上げなければならない。

「よし、シェリーと、他のまだ来てない奴らも呼び出せ。すぐ稽古に入るぞ。ライ、主役交代のチラシを作って入口前に貼り出してくれ、チェスターの奴が急な病で無念の休演って、できるだけ同情を引ける文章でな。あと、代わりの役者は期待の新星って煽《あお》りまくれ」

「了解です」

ばたばたと全員が動き出す。

ウィルフレッドは、急なことでエディスはきっととても心配しているだろう――と思いながら傍らの彼女に視線を向けた。

が、エディスは心配どころか、きらきらと輝く瞳でウィルフレッドを見上げていた。

「病院のチェスターさんには、とっても気の毒だけど……舞台の上で、俳優としてのあなたが見られるなんて！」

いかにも期待で胸が一杯ですという顔で両手を組み合わせるエディスに、ウィルフレッドは困った顔で微笑んだ。

「悪いがこれからの稽古、それに明後日《あさって》くらいまで、君には見ないでいてほしい」

「えっ、どうして？」

きょとんとするエディスに、ウィルフレッドはさらに困った。

「シェリーと……君以外の女性とのラブシーンがある」

勿論「ふり」だけだが、劇中で『ウィルフレッド』と『エディス』はキスをするシーンがあった。それ以外にも、恋人として仲睦《むつ》まじく、身を寄せ合い抱き合い、愛を囁くシーンがてんこ盛りなのだ。

「でも、お芝居でしょう？」

エディスはウィルフレッドが抵抗を持つ理由に、どうもぴんと来ていないようだった。

「それに相手は『エディス《わたし》』なんだし。大丈夫、やきもちなんてやきません」

小声できっぱりと断言するエディスに、ウィルフレッドはこっそり溜息をつく。

信頼してくれているのは嬉しいが、そうも嫉妬をしないと断言されると、少々胸に来る。

「君がそう言うのなら、いいけど。でも君に見られていると思うと……」

「緊張する？」

「いや、いいとこを見せようとしすぎて、空回りしそうだ」

わざとおどけて言うと、エディスがくすくすと笑った。

本当のところは、いいところを見せようとするより、客席のエディスが気懸かりで、とても
シェリーの腰に手を回したり、顔を近づけたりなんてできそうになかったからだ。

「とっても、とっても、見たいけど。あなたがそう言うのなら我慢するわ。でも三日目からは
絶対、毎日、毎公演観に行くわね」

「ああ。それまでには、演技に慣れておくよ」

あるいはそれまでにはチェスターが戻ってくるかもしれない。そうでなくても、ウィルフレ
ッドが商業演劇で使い物にならないと判断すれば、演出家《ワイマン》が見切りをつけて休演にするだろう。

（あまり目立つことはしたくないけれど……）

何しろウィルフレッドたちはスワート子爵から追われる身だ。父がまだ自分を跡継ぎとして諦めていないことは明白だった。でなければ、ウィルフレッドが重病で家から出られないなどという嘘を新聞に吹き込んだりせず、詐病《さびょう》にしろ心身共に継嗣《けいし》としての資格がないほどに重篤《じゅうとく》だということにして、他の親族を次の子爵として立てるはずだ。

息子に対する愛情や家督《かとく》に対する義務感などではなく、ただ他人が自分の思い通りにならないことが許せないという父の気質を知っているから、ウィルフレッドは絶対彼に連れ戻されるわけにはいかない。スワート家に戻った時にはすでにエディス以外の『正式に婚姻を王から認められた』妻が待っているかもしれないのだ。それくらいはやりかねない。というよりも、確実にやるだろうとわかっている。

しかし冷酷で執念深い子爵も、まさか息子が田舎町で芝居に出演、しかもウィルフレッド役で主役を張るだなんて思ってもいないだろう。父からの命令を受けてあちこちに追っ手がかかっているだろうが、彼らが命じられた捜索の仕事を放り出して芝居小屋に来るとも思えなかった。

だが、もしかするとウィルフレッドと面識のある貴族の知人が休暇でたまたまこの土地にやってきて、たまたま目についた『ハント伯爵令嬢』の芝居を見たがらないとも限らない。王都ではハント伯爵家の手前、つき合いのある貴族はそういった芝居に興味のないふりを貫《つらぬ》いているだろうが、地方では話が別だ。

だから少しでも正体が明るみに出る危険になど身をさらしたくはなかったが、勢いを殺したくないというワイマンの気持ちはまあわかる。そのくらいこの芝居の評判は凄《すさ》まじい。

好意的な反応は人々の口から口へと伝わり、このままいけば、『エディス・ハント』の名はおぞましい『生ける屍《リビング・デッド》』などではなく、『悲劇の美しき伯爵令嬢』として語り継いでもらえるかもしれない。

きっと他の劇団も、エログロ芝居ではなく、悲恋のシナリオへと乗り換えるだろう。

だとすれば、ワイマンとウィルフレッドの目論見《もくろみ》は一致する。とにかくこの公演を成功のうちに終えたい。

(万が一、父に居所が知られたら、それは知られた時だ)

そう腹を括《くく》ると、ウィルフレッドは途端に落ち着いた。さすがにワイマンの急な指名で、思っていたよりも狼狽《ろうばい》していたらしい。

「ウィルフレッドのサイズに合わせた衣装も、急いで用意しないとね」

エディスはエディスで、張り切っている。カリンにそう告げて頷き合っていた。

とにかく、やるしかない。一日でも早くチェスターが復帰することを祈りつつ、ウィルフレッドはさっそく稽古にかかることにした。

5

結果として、ウィルフレッドの『ウィルフレッド・スワート役』は大成功だった。

チェスターのような華や情熱はないが、落ち着いた優雅さと気品があり、チェスターの『ウィルフレッド』よりは冷たくぶっきらぼうな印象であるものの、『エディス』に対する愛の囁きはチェスターよりも真摯《しんし》で甘く――その辺りが、特に若い女性客となぜかかなり年配の女性客に、大いに支持されたらしい。

チェスター降板《こうばん》に落胆して瞬間的に減ったはずのチケット売り上げが、ウィルフレッドの初演翌日から、急に跳ね上がったという。

(無理を押しても、ウィルフレッドに見つからないようにこっそりでも、観に行けばよかったわ)

新聞の小さな劇評欄を見て、エディスは今日何度目かの溜息をついた。

「本当に……舞台の『ウィルフレッド』は素敵でした。実物のウィルフレッド様よりももっと優しくて、情熱的で、思い遣りに溢れていて」

遠慮しないであなたは観てきていいのよ、というエディスの言葉に従って一足先に観劇に行ったカリンは、すっかり舞台に夢中になっている。

「本物よりもずっと魅力的でした」

などとしみじみ言うカリンに、エディスは思わず行儀も忘れて、ぽすぽすとソファの上のクッションを彼女にぶつけてしまった。

「もうっ、何てことを言うのカリン、一番素敵なのは、ウィルフレッド本人に決まっているでしょ！」

「そりゃあ奥様にとってはそうでしょうけど。私は奥様と二人きりの時の旦那様を存じ上げませんし」

この家ではついついカリンの存在を忘れたように愛を語り合ってしまうことはあるが、それでもどこかしら念頭《ねんとう》には残ってはいる。だから寄り添う以上のこと、たとえば接吻《くちづけ》だとか、もっと他の——何かをする時は、確実に二人きりになれる場所にいる。

当然、その時のウィルフレッドの様子は、世界で唯一エディスしか知らないものであるが。

（舞台を観に行った人は、みんな、そういうウィルを知ったということ……？　い、いいえ、演技ですもの、関係ないわ。カリンだって、本物とは違うって言ってるんだから）

焦《じ》れた気分で日を過ごし、四日目にして、ようやくエディスはウィルフレッドの舞台を観に行くことを、本人から許された。

とにかく大人気すぎて、関係者すら良席を回してもらうのが難しいほどだという。かろうじて座れる席のチケットを携《たずさ》えて、エディスはカリンと共に芝居小屋に向かった。

さほど大きくはない芝居小屋の周辺は、意気揚々と客席に向かう者、どうにかチケットを入手できないかと右往左往する者、役者の出待ちなのか黄色い声を上げる若い女性の集団、彼らを狙ったさまざまな物売りなどで大賑《おおにぎ》わいだ。

エディスは楽屋のある裏口に向かった。上演までまだ少し時間がある。カリンと共に軽い食事を作ったので、ウィルフレッドたちに差し入れようと思ったのだ。

「それにしても、すごい人気ねえ……」

女性の悲鳴のような声のほとんどは、『アーサー・リード』の名前を呼ぶものだ。役者としてだけでなく、女性たちの心を掴むような物語を生み出した作家としても、急激に人気を集めているらしい。

「……何だか、怖いくらい……」

「ええ。外では絶対に、アーサー・リードの奥様であることは隠すべきだと思います。劇団の人たちにも釘《くぎ》を刺しておいた方がよろしいかと」

「そ、そうね」

アーサー・リードはまだ若く、どれだけさばを読んでも二十代前半がせいぜいだ。メアリー夫人の存在が知られれば、過激なファンに詰め寄られることだってあり得る。ウィルフレッドが舞台に立ち始めてまだ四日目だというのに、先刻目にしたファンの勢いはそれほどだった。

「……奥さんがいるっていうことだけは、それとなく広めてもらおうかしら」

これ以上過熱して、ウィルフレッドに言い寄ろうとする女性が現れないとも限らない。エディスがふと不安になって呟いた時、どこかで怒鳴り声が聞こえた。

「何でしょう。楽屋……？」

カリンにも聞こえたらしく、怪訝《けげん》そうにしている。たしかに男の怒って喚《わめ》き散らす声は、楽屋の方から届いていた。

エディスがおそるおそる楽屋に向かうと、中で揉《も》めごとが起こっていた。

「『ウィルフレッド』は俺の役だ！　俺こそ『ウィルフレッド』に相応《ふさわ》しいなんて言うまでもないだろう、代役は終わりにしろ、俺が演《や》る！」

狭い楽屋でワイマンに喰ってかかっているのは、チェスターだった。

「チェスターさん？　退院できたのね」

よかった——と安心できるような雰囲気ではなかった。チェスターはワイマンの胸倉を摑み上げ、ワイマンの背に庇《かば》われるようにして立っているウィルフレッドはどこか困惑した表情になっている。

その向こうにライの姿もあって、姿を見せたエディスを見ると、やはり困ったような苦笑を浮かべて肩を竦《すく》めていた。

「なあ！　あんただってそう思うだろ、リード先生よぉ！」

喚くチェスターに、ウィルフレッドが小さく頷く。

「勿論《もちろん》。あれは君の役だ、正直主役どころか舞台に立つこと自体、僕には荷が勝ちすぎる。本役が戻ってくれるならありがたいことこの上ない」

ウィルフレッドはおそらく本心を答えただろうに、チェスターが癇《かん》に障《さわ》ったというような顔で舌打ちをした。

「うーん、そうは言っても、おまえ、まだ呂律《ろれつ》が怪しいじゃねえか」

ワイマンが取りなすように、自分の襟首《えりくび》を締め上げたままのチェスターの腕を軽く叩いた。

「医者に黙って抜け出してきたんじゃないだろうな？　そうじゃなくても、しばらくは大人しくしてろって言われてたはずだろ」

「見てのとおりピンピンしてる！」

チェスターはそう言い張るが、たしかに時々舌がもつれたような発音になるし、何より顔色がひどい。土気色だ。髪もパサついて、そのせいか急に五歳ほど老《ふ》け込んだように見えた。

「そうは見えないがなあ——いや、おまえさんには将来ってもんがあるだろ。ここで無茶して、今後舞台に立てないような体にでもなったら……」

「なるもんか、もう大丈夫だって言ってるだろう！」

その場にいた他の劇団員たちは、何とも言えない顔でチェスターたちを遠巻きにしている。

「……ほら、アーサーの評判がいいもんだからさ。チェスターも、焦《あせ》ってんだよ」

「今まで一枚看板だって自惚《うぬぼ》れてたんだもの、急に出てきて人気攫《さら》われたんじゃ、立つ瀬がないもんねえ」

「そりゃいつものチェスターだったらいいけどさ。あんな足許《あしもと》フラついてんなら、素人《しろうと》でも作家先生の方がマシっていうか……」

ひそひそと声を殺した囁きが、エディスの耳にも届く。

チェスターはウィルフレッドの人気に焦り、嫉妬して、自分を元の役に戻すようにと直談判《じかだんぱん》しにきたということらしい。

さすがにここは自分が口の挟めるところではないと、エディスは黙って楽屋の隅に立ち尽くした。

「ううん、せっかくリード先生のウィルフレッドも評判がいいし――そうだ、さっき別の町の興行主から『次はぜひウチに』って依頼が来てさ。ここで延長もいいが、何しろそっちのギャラが跳ね上がったから、移動するかもしれん。そこからはまたおまえが主役だ、な？」

「冗談じゃない、そんなの待てるか！　今日、次の公演から、俺の役を俺に返しやがれ！」

「何よ、騒がしいわね」

チェスターのがなり声を聞きつけてか、私服姿のシェリーが楽屋に顔を見せた。彼女だけは個室を与えられているので、そこに待機していたはずだが。

シェリーはチェスターを見ると、すっと目を細めた。

「あら、帰ってきたの？」

「あんた！」

チェスターが勢いよくシェリーを振り返り、ワイマンから手を離すと、彼女の前に駆け寄った。

「あんただって、こんな演技の基礎も知らないようなガキより、俺との方が演《や》りやすかっただろ！　初対面なのに、最初からしっくりきたし――」

「……初対面、ね」

シェリーの目が、さらに細くなる。

「そう、やっぱり、忘れてるってわけ。……このっ、クソ野郎ッ」

「え？」

チェスターが怪訝《けげん》そうな顔になった直後、その表情が苦痛に歪《ゆが》んだ。

ドスッと重たい音がしたと思ったら、シェリーの握り締めた拳《こぶし》を腹に受けたチェスターが、前屈みに身を縮める。

「!?」

その場にいた全員、当のシェリー以外が、呆気《あっけ》に取られたようにぽかんと口を開けてその様子を見守ってしまった。勿論エディスもだ。

「な……てめ……」

「ほら、間近で見たあたしはどう？　舞台の照明よりよく見えるでしょ、こんな『厚化粧のババァ』、お気に召さないんじゃなくって？」

「あ……！」

エディスは思わず声を上げた。

以前シェリーに聞いた、失礼な言葉を彼女にかけたという男は、まさかチェスターだったのか。

「あんたの劇団が大変って聞いたから、忙しいスケジュールの合間をぬって来てやったのに。あんたはとうとう、あたしを思い出しもしない」

「ど……どこで……」

「ふん、あたしの目尻の皺《しわ》が、今よりふたつみっつ少ない頃の話よ」

シェリーが手を引くと、その拳を支えにして立っていたチェスターが、床に膝をつき、顔から前のめりに倒れ込んだ。そのまま動かなくなる。どうやら気を失ったようだった。

「あらあら、まだ具合がよくなってないのね。さっさと医者のところに戻ったら？」

「ラ――ライ、医者だ！　また医者を呼んで来い！」

泡を喰ったようにワイマンが叫び、ライが楽屋を飛び出していった。

「倒れた時に心配した自分が悔しいわ」

白目を剝《む》いてぐったりしているチェスターを見て、シェリーがぽつりと、独り言のような声を零《こぼ》した。

それからシェリーは顔を上げ、ワイマンに視線を向ける。

「それじゃ、契約はここまでね。帰るわ、あたし」

「な……!? 待ってくれ、最低でも二週間は必ず演《や》ってくれるって話じゃ」

「相手がチェスターの時はって約束でしょ。——この調子じゃ、楽日《らくび》までに復帰は無理じゃないの」

ちらりとチェスターを見下ろすシェリーに、ワイマンはひたすら汗をかいている。

気を失っていたように見えたチェスターが、苦しげな声を絞《しぼ》り出した。シェリーが鼻先で嗤《わら》う。

「だ……誰の……せいだと……」

「自分の胸に聞いてみたら?」

チェスターが再び気絶した。

「あたしがやらなくても、せいぜい保《も》って一幕五場ってとこでしょ。中途半端で交代してお客様を混乱させたり、フラフラで演技して落胆させたりするより、力尽《ず》くでも自分の体調をわからせた方が温情があるってもんじゃない?」

それだけ言うと、シェリーが倒れているチェスターを跨《また》いで出入り口の方へと向かう。

「――頼む、シェリー、この通りだ！」

楽屋を出て行こうとするシェリーの前にワイマンが回り込み、勢いよく床に膝をついた。数日前にも見た覚えのある光景だ。

「とにかく楽《らく》までは！　あと三日乗り切れば終わるんだ、そこまででいい、あと三日だけつき合ってくれ！　あんただってハント伯爵令嬢と贋《にせ》令嬢役、楽しそうに演じてたじゃないか！はまり役だろ⁉」

ワイマンの必死さに寄り添うように、ウィルフレッドがその後ろでシェリーに向けて頭を下げている。他の劇団員たちもそれに倣《なら》い、エディスも慌てて、同じように頭を下げた。

一同の様子を見渡したシェリーが、一度ぎゅっと眉根を寄せてから、溜息をつく。

「……まあ、中途半端に役を投げ出すんじゃ、女優失格ね。アーサーとも息が合っていい感じだし、チェスターみたいに自分が自分がってうるさい演技じゃない分《ぶん》やりやすいし……」

ぶつぶつと、まるで自分に言い聞かせるように呟いてから、シェリーが頷いた。

「いいわ、楽日まで。それでお終《しま》いよ。それから、あのチェスターって男を二度とあたしの視界に入れないよう、気をつけてくれれば」

「わかった、そうする。あいつは病院に閉じ込めておく！」

「そうしてちょうだい。じゃ、あたしは自分の支度をするわ」

今度こそ、シェリーが楽屋を出て行った。

ほっとした空気になる楽屋からエディスも廊下に出て、シェリーのあとを追う。

「待ってください、シェリーさん」

自分に宛《あ》てがわれた個室に入る前、エディスに呼ばれたシェリーが立ち止まる。

「なあに？」

「あの……失礼なことを訊ねてごめんなさい。もしかしてあなたが、チェスターさんのコーヒーに毒物を……？」

シェリーは以前にもチェスターと共演したことがあり、その時に、極めて無礼な言葉をぶつけられた。

部屋を叩き出したと言っていたから、おそらく自分の住処《すみか》に彼を招き入れるような間柄になったはずなのに、チェスターは綺麗さっぱり忘れていた。

つまりシェリーはチェスターに恨みを抱いていて、それを晴らすためにこの劇団に乗り込んできたのでは――とエディスは思いついたのだ。

彼女はそれなりに名のある女優で、よくワイマンの劇団に客演に来てくれたなというくらいの存在らしいと、以前ウィルフレッドから聞いたことも思い出した。

「は？　毒物？」

しかしシェリーは予想外のことを言われたというふうに目を丸くしたかと思うと、弾《はじ》かれたように笑い出した。

「そんな回りくどいこと、するわけがないでしょ。やるとしたら自分の手で直接とどめを刺すわよ。――さっきみたいに」

「えっ、じゃ、じゃあ、どうして、恨みのある人の相手役なのに、客演を受けたんですか？」

シェリーは笑いを止めて長い睫《まつげ》をぱちぱちと瞬《しばたた》いてから、今度はくすくす笑いを漏らした。

「あんた、リード先生の奥様なんでしょ？」

「は、はい」

「なのにてんで女心ってのがわからないのね。もっと勉強しなさい？」

ぱちんと軽く額《ひたい》を指で弾かれ、驚いたエディスが後ずさる間に、シェリーは個室に姿を消した。

「ええと、ええと……」

一生懸命、シェリーの言うことを繙《ひもと》こうとする。

「……つまりシェリーさんは、チェスターさんを殺そうなんて思っていなくて、なのにわざわざこの劇団にやってきて……、……あっ、そうか！　そうなのね！」

閃《ひらめ》いて、エディスは両手を叩いた。

「奥様？　どうなさったんですか」

後からやって来たカリンがエディスのそばに辿《たど》り着き、怪訝《けげん》に問いかける。

「内緒よ、カリン。シェリーさんは、チェスターさんのことが好きだったんだわ」

声をひそめて言ったエディスに、カリンが妙な顔をした。

「はあ。そうでしょうね」

今さら何を、という調子のカリンに、エディスは驚く。

「えっ、カリンは、知っていたの？」

「何となくわかりますよ、シェリーさんは私にまで気さくに話しかけてくれましたし。そんな誰にでも分け隔《へだ》てなく接する人が、チェスター氏だけには無闇と冷たかったんです。よほど憎んでいるのでなければ、よほど恋しいんじゃないかと」

「す……すごいわ、カリン……わたし、ちっとも気づかなくて」

「まあ私も、チェスター氏がコーヒーを飲んで倒れたあと、シェリーさんまで後片付けを申し出た時には、疑っていました。警察を呼ばないようなんて言い出すし。おそらく旦那様も同じだったんじゃないでしょうか、彼女が証拠隠滅《いんめつ》を図《はか》るつもりで残ったんじゃないかと」

エディスはその時のことを思い出す。なるほど、それでウィルフレッドは彼女が割れたコーヒーカップに近づかないように指示しつつ、そっと出方を観察していたらしい。

「警察云々《うんぬん》は、同業者として純粋にこの劇団を心配してのことでしょうね、騒ぎになればせっかくの人気に影が差しますから。それにシェリーさんは平静を装《よそお》っていましたが、指先が小さく震えていました。あれは本気でチェスター氏を心配していたんだと思います。だから彼女が犯人ということはありません」

「ええと、じゃあ、さっきチェスターさんを殴ったのは……」

「そうでもしなけりゃ、相手があんな状態なのに這ってでも舞台に上がろうとしたのがわかったからじゃないですか」

「まあ！」

何という名推理だろう。エディスはカリンの聡明さと、そんなシェリーの一途《いちず》な想いに感銘を受けた。

「シェリーさんはやっぱり優しい、素敵な人だったのね……」

「少し乱暴が過ぎるとは思いますが」

カリンはやたら呆れた目でエディスを見ながら相槌《あいづち》を打った。どうやら彼女にも、女のくせに女心がわからないと、呆れられているらしい。

「駄目ね、私、ウィルフレッドが初恋で、ウィルフレッドとしか恋をしたことがないから、鈍《にぶ》くって。もっと女心について考えた方がいいのかしら……」

「さあ。旦那様以外と連れ添う気がなければ、旦那様のことだけわかってりゃいいと思いますけど」

どこか投げ遣りに言うカリンの言葉に、エディスは何度も頷く。

「そうね、私、ウィル以外と恋をする予定はないもの。他の女性がどうなんてこと、私には必要のない知識ね」

そう納得してにっこりするエディスに、カリンが大袈裟《おおげさ》に肩を竦めていた。

◇◇◇

再び倒れたチェスターの元に駆けつけた医者は、ワイマンが告げるまでもなく「当分は病院で大人しくさせて、絶対に外に出さない」と怒りながら約束したので、楽日まで芝居小屋を訪れる可能性もなくなっただろう。

ちょっとした騒動はあったものの、昼の公演に向けての準備は滞《とどこお》りなく進み、エディスは初めて裏方ではなく、観客として座席に腰を落ち着けた。

「——大丈夫ですか、奥様」

開幕直前、隣の席に座ったカリンが、そっとエディスに問いかけてくる。質問の意味がわからず、エディスは小さく首を傾《かし》げた。

「え？　何が？」

「いえ……」

「あ、始まるわね」

開幕のブザーが鳴り、照明が落とされる。エディスは慌てて前を向いた。どきどきと胸を高鳴らせながら、舞台の幕が上がるのを待ちかねる。

少しして、会場の中がしんと静まりかえると、ゆっくりと緞帳《どんちょう》が上がっていった。

暗がりの中、ほのかな明かりに、若い男のシルエットが浮かぶ。

(――ウィルフレッドだわ)

ウィルフレッド役の、ウィルフレッド。彼は墓場を模《も》した背景を背に、張りぼての墓石の前に力なく膝をついている。

ピンスポットがそんなウィルフレッドを照らし出すと、キャー、と客席のどこからか堪《こら》えきれないような女性たちの悲鳴が漏れ聞こえてきた。

「ああ……エディス……」

ウィルフレッドの嘆《なげ》く声から、芝居は始まった。

「何ということだ……僕の誰より愛したエディス。君が今、こんな冷たい土の中にいるだなんて……」

すでに啜《すす》り泣く声が聞こえているのは、何度も劇場に足を運んでいるリピーターがいるからだろう。これから始まる悲劇を知っていて、悲しみを止められないのだ。

「ウィルフレッド」

ウィルフレッドの背後に、白いドレスを纏《まと》った少女の姿が浮かび上がる。そう、それは少女にしか見えないシェリーだ。ドレスのスカートにライトが当てられ、彼女の豊かな胸元や瑞々《みずみず》しい二の腕などは、今は舞台の闇の中に沈んでいる。

「泣かないで、愛《いと》しいあなた……」

「エディス！」

振り返るウィルフレッド。よろめくようにエディスの方へ近づくが、スッとライトが消え、エディスの姿もまた見えなくなってしまう。

「どこに行くんだ、僕のエディス……！」

再びウィルフレッドが蹲《うずくま》る。

「なぜ……なぜこんなことになってしまったんだろう……」

嘆くウィルフレッドの演技は真に迫《せま》り、さすがにチェスターよりは拙《つたな》くはあったが、そこが純真さを感じさせて胸を打つ。

「……あれは……一ヵ月前。そう、たったひと月前のことだ……」

ウィルフレッドの台詞《セリフ》と共に、舞台が暗転する。次に明かりがついた時には、街の広場の背景に変わっていた。新聞売りと市民たちが広場を行き交う。

「号外、号外！　雨の日に死んだはずのハント伯爵家ご令嬢エディス・ハントが、なんと！　雨の日に蘇《よみがえ》ったそうだ！」

「ええー!?」

「何それ、ちょっとお兄さん、一部ちょうだい！」

名もなき端役《はやく》たちによって自分の名が叫ばれ、『生ける屍』と呼ばれるたび、客席のエディスは小さく身を竦めずにはいられなかった。

（カリンはこれを心配してくれていたのかしら……）

戯曲でも稽古でも、筋書きは当然承知していたが、実際に観客として間近で舞台を観ると、どうも生々しく感じてしまう。

だが舞台上にあるのは、ただのお芝居だ。実際に目の前で自分に怯《おび》えるかつての知人を見た時、新聞でおどろおどろしい見出しと共に書き立てられる自分の話題を見た時より、ずっと衝撃は少ない。

「ああっ、見てあれ！」

「生ける屍、エディス・ハント……！」

公園に、突如《とつじょ》として赤いドレスを身に纏った『エディス・ハント』が登場し、市民たちが怯え、悲鳴を上げて逃げ惑う。

「ああ、面白いこと！　みんな無様に喚きながら逃げていくわ！」

シェリーが高らかに笑った。

公園の背景が裏方によって移動させられ、場面がどこかの貴族の夜会へと変わっていく。

（頑張って、背景さん）

書き割りを動かしているのは背景担当の裏方組だ。今はライが病院にチェスターを運びに行ったまま戻っていないから、人のやりくりに苦労しているかもしれない。

『エディス』は社交界にも姿を見せ、貴族たちも市民たちと同様、怖れ慄《おのの》いて逃げ惑う。

（実際のところは、とても社交界に顔なんて出せなかったけれど……）

あの頃のエディスは、ハント家の屋敷を追い出され、カリンと二人きりで粗末《そまつ》な家にひっそりと暮らしていた。思い出すと泣きたくなる。人生であれほど悲しく、惨《みじ》めで、寂しい思いをしたことはない。

舞台上で、『ウィルフレッド』がエディスと邂逅《かいこう》する。ウィルフレッドは大股にエディスに近づくと、その腕を摑んだ。

「おまえは、誰だ」

――ウィルフレッドの声でその言葉を聞いて、客席のエディスは心臓が凍るような思いを味わった。

「消え失せろ、魔女め」

これはあの時実際に彼がエディスに向けた言葉だ。冷たい瞳、憎しみの籠《こ》もった声でエディスを糾弾《きゅうだん》した。

（大丈夫……大丈夫よ、この次の場で、エディスがウィルフレッドと素敵なデートをする、優しい回想になるんだから……）

エディスの知る段取り通り、ウィルフレッドが激しくエディスを責め立てる声の後に再び舞台が暗くなり、次に明かりがついた時には、また公園の背景へと戻っている。

ショールに身を包んだエディスが公園のベンチに座り、無邪気な笑みを浮かべている。つい先刻までの妖艶な生ける屍とは打って変わって、可愛らしい、微笑ましい様子だった。

ここから、エディス・ハントが死ぬまで――シャンカール医師の企《たくら》みによって毒殺されるまで、エディスとウィルフレッドがいかにして愛を育《はぐく》んでいったかの長いシーンが始まる。

「ウィルフレッド、このクッキー、とてもおいしいわ。あなたもいかが？」

エディスの隣にはウィルフレッドがいる。いかにも「可愛いな」というふうに目を細めて、エディスをみつめている。

「いや、僕はあまり甘いものは……」

「大丈夫よ、あなたのために、砂糖はうんと控え目にしてもらったの」

「けど、君は甘いクッキーが好きだろう？」

「だからほら、ジャムをたっぷり持ってきたわ」

他愛《たわい》ない会話を交わし、視線を交わすだけで、二人がいかに心を寄せ合い、愛し合っているかがわかる、甘いシーン。

客席からはうっとりとした溜息が漏れ――エディスは、震える両手を胸の前で組み合わせた。

(どうしたの、エディス。あれは私よ？)

ウィルフレッドがみつめているのはエディス・ハントだ。だから彼は絶対に他の女性に心を向けているわけではない。そう見えるのはお芝居だから。架空のできごとで、でも、本当にウィルフレッドはエディスに優しい瞳を向けていて——。

（馬鹿だわ、私。カリンが心配していた理由が、やっとわかるなんて）

女心どころか、自分の心すらわかっていなかった。

（お芝居なのに、私、嫉妬してる……）

演技であろうと、ウィルフレッドがシェリーにあんな微笑みを向けて、あんな声で囁く姿を見たくなかった。

身が引き裂かれるような思いがする。

（ウィルフレッドだって、こうなるって思っていたから、私に稽古や初日を見ないように言ったのに）

素敵なウィルフレッドが見られると浮かれていた自分が恨めしくなる。こんなことなら、ここに来なければよかった。

「——奥様？」

そっと座席から腰を浮かせるエディスに気づいて、カリンが心配そうな声を掛けてくる。

「少し……外の空気を吸ってくるわ。あなたはここにいてね、大丈夫だから」

震える声でカリンに告げる。カリンはすぐにエディスの心情を察したのだろう、何も言わずにただ小さく頷いた。

エディスは迷惑そうな他の客たちに頭を下げつつ、立ち見客で混み合った観客席をどうにか抜け出した。

ロビーから外へ出ようとしたが、夜公演のチケットに望みをかける客たちがすぐ外にひしめき合っていたため、行き先を変える。

（楽屋側の出口も、出待ちをする人たちが多勢いるかしら……）

ウィルフレッド、いや役者兼作家アーサー・リードのファンが押し寄せているかもしれない。

（……私の、ウィルなのに）

自分でも幼い嫉妬心だとは思う。が、大切な人が人気を得る誇《ほこ》らしさよりも、今は「取らないでほしい」という子供染みた感情に振り回されてしまう。

（だってシェリーさん、とっても綺麗だった……）

彼女の美しさは充分承知していたつもりだったが、舞台上の彼女はさらに際立っていた。衣装や化粧、ライトが当てられているせいばかりでなく、存在自体が輝いているように見えた。

（……ウィルフレッドが、少しでも心を奪われていたらどうしよう……）

これが別の役柄であれば、こんな思いをせずにすんだかもしれない。

寄り添うウィルフレッドとシェリーを思い出して、楽屋口へ向かう廊下の途中で立ち止まり、エディスは壁に凭《もた》れたまま動けなくなった。

（舞台の最後に、キスシーンがある……『贋エディス』が人形に戻って滅《ほろ》びたあと、『エディス』の幻と抱き合ったウィルフレッドが、最期《さいご》の接吻《くちづけ》を……）

客席からそれらしく見せるための振りだとわかっていても、想像だけでエディスには耐えられない。堪《こら》えようとしても両眼から涙が零《こぼ》れてきた。

「――エディスさん？」

ひとり啜《すす》り泣いていたエディスは、名前を呼ばれて顔を上げる。

「どうしたんですか？　どこか、具合でも？」

慌てたように駆け寄ってきたのは、ライだった。病院から戻ってきたところらしい。

「な、何でもありません、大丈夫」

こんなふうにめそめそしている姿を見られるなど、恥ずかしい。

「だって、泣いてるじゃありませんか。また何かあったんですか？」

心配して顔を覗き込もうとするライから、エディスは顔を背《そむ》けた。

こんなところをライに見られるなんて思わなかった。

（そういえば、ライさんって、気づけば私のそばにいるわ）

エディスは小道具、ライは大道具の係を割り振られているのに、舞台の準備期間中も、何かあればすぐにライが飛んできた。

劇団の手伝いなど慣れない自分に対する親切心からだとは思うのだが、今ですらそばにやってくるライを少し疎《うと》ましく感じてしまい、エディスはそんな自分を恥じる。

「……本当に、何でもないの。放っておいて」

ライに背を向けてその場を逃げ出そうとするが、片腕を摑まれ阻《はば》まれた。

「放っておけるわけがない」

日頃明るいライらしくもない強い語調と、やはり強い腕を摑む力に、エディスは驚いた。

ライは怒ったような顔で、エディスを見ている。

「放っておけるわけないでしょう。あなたが泣いている顔なんて見たくもない」

「――ライさん？」

「あなたを泣かせるような奴は、この手で」

ぐっと、空いた手を拳《こぶし》の形に握りしめるライを見て、エディスは微《かす》かに怯《ひる》む。

「何をおっしゃっているの、あなた……？」

竦んだように震える声で訊ねるエディスに、ライがはっとしたような表情になった。

「す、すみません、痛いですよね」

そう言ってライが手の力を緩めるが、まだエディスの腕を摑んだままだ。

「……ごめんなさい、ひとりにしてくださる？」

「でも――」

「ごめんなさい」

ライの手を押し遣って腕から外させ、エディスはその場から逃げ出した。

とにかく楽屋口から外に出たかったのだが、少しも行かないうち、何か焦った様子の裏方劇団員と遭遇してしまった。

「奥さん？　っと、よかった、ライもいたか、探しにきたんだ。早く戻って手伝ってくれよ、墓場のパネルがイカれやがった！」

「――わかりました、急いで直します」

ライがすぐに答えて、エディスの横を駆け抜けて楽屋のある方へと向かう。

「あんたは今日、観劇じゃなかったっけ？　まあいいや、手が空いてるなら、悪いけど手伝ってくれないか。『エディス人形』の首が取れちまってさ、応急処置でいいから、縫《ぬ》ってもらいたいんだ」

「は、はい」

ライの後を追うように走り出す裏方の男性の後について、エディスも慌てて廊下を駆け出した。

「今日、何か変なんだよなあ。今日っていうか、今回ずっとっていうか……」

「え？」

裏方に誘導されるように、エディスは楽屋へと辿り着く。広い楽屋には、他の裏方の者や、出番のない役者たちが、慌ただしい様子で小道具大道具の準備をし、着替えをしたりと動き回っていた。

「ああ、これもだ、畜生」

エディスを連れてきた男が、把手《とって》の割れた小道具のティーカップを手に取って、舌打ちしている。

「しょっちゅうこんなふうに物が壊れてやがるんだ。まあどいつもこいつも乱暴だし、今回は大道具の指揮があの素人《layman》だから仕方ねえけどさ。ライってのもまた、ひでぇ名前だよな」

やけくそのように男が笑う。エディスは笑わず、ただ頷いた。——これで舞台を観ずにすむ口実ができた。袖《そで》にも行かず、ここで手伝いをしていれば、きっと誰も怪しまない。

「ここの舞台袖は狭いし、暗くてどうにもなんねえから、ひどいのだけこっちの楽屋に持ってきてんだ」

「とにかくこの人形、直しますね」

「助かるよ。——ん？　向こうがまた、何だか騒がしいなぁ。とにかくそれ頼むな、奥さん」

「はい」

人形を受け取ると、たしかにドレスに付けたはずの人形の首が取れてしまっている。糸が切れたようだ。縫い直せばいいだけなので、あまり慌てる必要はない。しっかりと修繕しようと決めて、注意深く首を縫い付け直す。

無心に作業を進めるつもりだったが、後から後から情けない気持ちが湧いてくる。

（……ごめんなさい、ウィルフレッド。あなたは一生懸命演じているでしょうに、つまらない嫉妬心で見守ることができなくて……）

泣かないように我慢しながら、ドレスに人形の頭を取りつけた。念入りに縫ったので、これで当分首が取れることはないだろう。

眺めてみると、ボタンと縫い取りで作った人形の顔は、どことなく滑稽《こっけい》だ。舞台上でも舞台裏でも粗雑《そざつ》な扱いを受けていたのか、ドレスの裾《すそ》も解《ほつ》れ、作った時よりもぼろぼろになっている。ボタンの瞳も取れかけているのを見て、それも丁寧に糸で縫い直しながら、エディスは小さく笑った。

（ヒューゴの作った『サラ人形』とは、まるで別物ね）

エディスには人形が可哀想なような、急に愛しいような気がして、その綿の詰まった体をそっと抱きしめた。

――と。

「えっ？」

あまりにも突然、すべての明かりが消されたように目の前が真っ暗になり、エディスは驚いた。

（あ、あら？）

慌てたような足音がひどく間近で聞こえる。何かしら、と顔を上げようと思ったのにうまくいかない。

必死に目を凝《こ》らすと、不意に、視界が開ける。

（え？）


今度もエディスの漏らしたつもりの言葉は音にならなかった。

目の前に、驚いて目を見開くライの顔がある。しかも上から見下ろされている。

状況が把握できずにエディスがぽかんとしていると、別の足音も近づいてきた。ライの足音同様、頭に直接その振動が響く感じだった。

「おっ、できたか」

エディスに人形の修繕を頼んだ男だと声でわかるが、顔は見えない。エディスに見えるのは慌てたようなライの表情だけだ。

「ちょっと、待て――」

「ん？　奥さんは大丈夫なのか？　まあいいや、持っていくぞ」

ふわっと、体が浮く感じがして、一度ライの顔が視界から消える。

「そうだライ、そこの墓石も直したんなら持ってきてくれ、あ、隣の燭台《しょくだい》も一緒にな」

次にエディスの目に入ったのは、焦りきった顔でこちらに手を伸ばすライの姿だった。

「エディス！」

ライはそう声を上げる。

「――え？」

驚くエディスの声は、ばたばたと行き交う劇団員たちの立てる物音や話し声に掻《か》き消されて、誰の耳にも届かなかったかもしれない。

ライの姿が揺れながら遠ざかる。それでエディスは気づいた。

（私を抱えた人が、走ってるんだわ）

さらに気づいてしまった。苛立《いらだ》ったように墓石の張りぼてを床から持ち上げるライの足許《あしもと》に、『エディス・ハント』が蹲っていることに。

（……私⁉）

エディスの視界がさらに激しく揺れて、馬車に酔ったような悪心《おしん》が湧き起こる。

（どういうこと？　どういうこと？）

吐き気を堪えながら、エディスは混乱する頭で考えた。

（さっき、ライさんは私を見て『エディス』って――いいえ、『エディス人形』に対して呼びかけたの？　でも、どうして人形を、あんなに焦ったふうに呼び止めようとしたりしたのかしら）

人形に用があるなら、呼び止める相手はそれを運んでいる男であるべきではないだろうか。

（いえ、いえ、そんなことより！）

廊下から薄暗い場所へと景色が変わる。乱雑に大道具類が並べられている。舞台袖だ。

（またなの⁉　また私、人形に入ってしまったの⁉）

ライの足許に倒れていたエディス。あれはエディス自身の体だ。

だとすれば考えられる状況はただひとつ、エディスの魂が、『エディス人形』の中に入ってしまったということ。

どさっと、乱暴に投げられる感じがした。舞台袖の床に、裏方の男がエディス人形を放り投げたのだ。

「ええと次の場の入れ替えは……」

独り言を言う男の声が、少し遠くなる。別の場所へ去っていったようだ。

エディスはどうしても自力で体を起こすことができなかった。

(ああ、これで、三度目だわ)

脳や血肉なんて詰まっていないはずの人形の頭が、くらくらする。エディスは頭を抱えたくなったが不可能だった。

一度目は大伯父《ヒューゴ》の作った祖母《サラ》そっくりの人形。二度目はカリンがプレゼントしてくれた熊のぬいぐるみ。そして三度目は、カリンと自分と二人がかりで作った『エディス人形』。

(私の体、楽屋に置いてきてしまった……どうしよう)

チェスターのこともある、エディスがぐったりと気を失っている姿に劇団員が気づけば、騒ぎになるだろう。その前に体に戻りたいが、エディス一人ではどうにもならない。

エディスのわかる限り、自分の体から離れて別の器《うつわ》に入り込んでしまった魂を元に戻すために必要なのは、ウィルフレッドの『キス』だった。

実際のところ本当にキスが必要なのかはわからないが、とにかく仮の器にウィルフレッドが接吻《くちづ》けると、魂が元に戻る。前回、熊のぬいぐるみの時はそうだった。友人曰《いわ》く、「姫君にかけられた悪い魔法を解く方法なんて、決まっている」らしく、ためしてみたらうまくいったのだ。

だから今も、ウィルフレッドがいてくれればエディス人形からエディスの体に戻れるのだろうが――。

(でもウィルフレッドは当分、舞台の上だわ)

それまでにエディスの異変が周囲に気づかれないはずがない。

このまま万が一、体から魂が抜け出てしまったことがわかったら。

魂が人形なんかに入り込んでしまったことがわかったら。

そんな異常な状況に陥《おちい》った自分こそが――本物のエディス・ハントだと周り中に知られてしまったら。

悪いことばかりを考えてしまい、泣きたいのに涙が出ない自分の状況に半《なか》ばパニックを起こしかけた時、

「落ち着け」

叱りつけるような低い声が、エディスの近くで聞こえた。

どうにかして視線だけを動かすことに成功すると、真っ先に目に入ってくるのは蜂蜜色《はちみついろ》の髪。

「ライさん!?」

彼は間違えようもなく、人形に、人形の中にいるエディスに向けて声をかけている。

「しっ」

ライが険《けわ》しい表情で言いながら、エディス人形の体を腕の中に抱き上げた。

「おまえの『本体』は別の部屋に寝かせておいた。ちょうど、おまえを探しにおまえのメイドが客席から出てきたから、あとを頼んである」

「カリンに？　あの、ええと、ライさん？　あなたどうして私がここにいるって……というか、急にそんな怖い顔で……」

いつも明るく、脳天気なほどの笑みを浮かべているライとは、まるで別人のようだ。

混乱極まるエディスの前で、ライは苦々しい表情になった。きつく眉根が寄っている。

「――俺だ」

「俺？」

「ヒューゴだ」

「……!?」

驚きのあまり大声を出しそうになったエディス人形の口に、ライが素早く掌《てのひら》を押し当てた。

人形の口から声が出ているわけではないはずだが、エディスはもごもごと言葉にならないくぐもった声だけを漏らす。

「声を出すな、他の奴にも聞こえる。わかったか？」

エディスはとにかく、大きな声を出すのはやめた。ここでパニックを起こしている場合ではないことだけはたしかだ。

「でもどういうこと……？　その姿、私の知っているヒューゴとはまるで違うわ」

エディスの知るヒューゴは、褐色《かっしょく》の肌に黒い髪と金色の瞳、常に皮肉っぽい笑みを浮かべ、どことなく怪しい雰囲気をまとった男のはずだ。

ライが一瞬、その頃のヒューゴを思わせる意地の悪い笑みを唇の片端に浮かべた。

「まさか俺の稼業《かぎょう》を忘れたのか？」

――死霊魔術師《ネクロマンサー》。人間の魂を、命を持たない器に移すことのできるという、神に背《そむ》いた魔術師だ。

（そうだわ、以前のヒューゴだって、自分の体以外の器に自分の魂を移したものだって……）

ヒューゴはエディスの祖母の兄、本来は軽く六十を超える年齢のはずだ。

ライ・ブラウンの体も、ヒューゴが作り出した人形なのだろう。

（全然、少しも、気づかなかった……）

見てくれがどうこうというよりも、ヒューゴがライのように明るく気のいい笑顔を浮かべられるなんて、エディスには想像もできなかったのだ。

（でも、ライさんがやけに力持ちだったり、とても身軽だったりしたのは、そのせいだったのかしら）

以前のヒューゴはどちらかといえば非力だったが、『ライ』はその正反対の器として用意されたのかもしれない。

「まあ、細かい話は今はいいだろう」

いろいろ聞きたいことはあったが、ライ――ヒューゴの言うとおり、今はそれをたしかめている暇はない。エディスは頷いた。

「体が動かないのよ、ヒューゴ。おばあさま《サラ》の人形の時は、生きている時と同じように動かすことができたのに」

「俺の死霊魔術《ネクロマンシー》でこうなったわけではないからな」

そういえば、熊のぬいぐるみに入った時も、思ったように動くことはできなかった。あの時はサイズ上、自力で動こうとするよりも人に運んでもらった方が楽だったし、割合すぐに自分の体に戻ることができたので、今ほど不便は感じなかったが。

「とにかくおまえは、このままただの人形のふりでじっとしていろ、舞台が終われば戻ってこられる。そうしたら、俺が元の体に還《かえ》してやる」

「わ、わかったわ」

それにしても、シャンカールと同時に行方を晦《くら》ましたはずのヒューゴがこんなにも自分の身近にいるなど、エディスには改めて驚きだった。

（もしかして、ずっと見られていると思っていたのは、ヒューゴの視線だったのかしら……）

この舞台を手伝うようになってから、時おり感じていた視線。

（そばで見守っていてくれたっていうこと……？）

だからいつも、何かあればすぐにライがそばに来てくれたのだろうか。

「これ以上何の問題も起こらなけりゃいいがな」

小声で呟いたヒューゴの言葉を聞いて、エディスは急に不安になる。

「どういうこと？」

「明らかに、おまえとウィルフレッドを狙っている奴がいる」

断言したヒューゴに、エディスは驚いた。

「狙われているのはチェスターさんじゃなくて？」

「ああ。だから、気をつけろよ――って、今のおまえに言ったところで仕方がないが……」

たしかに自力で動くことのままならないエディスには、気をつけようがないが、とにかく何が起きているのかとさらに訊ねようとした時、裏方の男が駆け寄ってきた。ヒューゴの腕の中にいるエディス人形の頭を荒っぽく鷲摑《わしづか》みにする。

「人形、貸せ、もうそろそろ使うところだぞ」

「おい、乱暴にするなよ！」

恫喝《どうかつ》するように低い声を出したライに、男がぎょっとしたように目を見開く。

「『おい』？」

いつも朗《ほが》らかなライらしからぬ物言いに驚いたらしい。

「ああ――すみません。その人形、応急処置しかしてないみたいだから」

エディスと話すうちにライとしての演技を失念していたらしいヒューゴが、取り繕《つくろ》うように微笑んで言う。

正体がヒューゴだとわかった今のエディスには、ライの演技が大変白々《しらじら》しいものに見えた。しかし知らなかった頃は疑うべくもなかったのだから、感心していいのか呆れていいものなのか。

「舞台上で首が取れたら事《こと》でしょう」

「それもそうか。これ以上舞台がバタついたら、さすがに取り繕いようがねえしな」

男の言い回しを聞いて、ヒューゴが首を傾げる。

「舞台で、何かあったんですか？」

「何かも何も。今度はシャンカール役降板の危機だよ」

「え？」

「ええっ⁉」

「ん？　今何だか、女の子の素頓狂《すっとんきょう》な声が……？」

「気のせいです。シャンカール役が降板って？」

「ジェームズの奴、途中で急に腹が痛いって便所に行ったまま、戻ってこないらしいんだ。あいつの出番だったところは何とかシェリーがアドリブで凌《しの》いだけど、どうしたもんか……とにかくこれ、寄越せ」

「あっ」

エディス人形はヒューゴの腕から男の腕に渡った。

エディスは為《な》す術《すべ》もなく、舞台により近い場所へと運ばれていく。

ない耳を必死にそばだてると、ウィルフレッドの声がする。台詞からして、どうやらクライマックス間近なようだ。『ウィルフレッド』が病弱なエディスの兄を見舞うふりで、ハント家に居座るシャンカールや死霊魔術師、贋エディスの様子を探るシーン。

このあと間もなく、シャンカールたちとの対決だ。そこにシャンカールがいなければ、舞台が台なしになってしまう。

（ウィルフレッド、今日のこのお芝居は、一体どうなっているの……!?）

6

　舞台上にいる間は客席のことを気にしないように心懸けているつもりだった。

　しかし舞台袖《そで》にいる時、つい見てしまった。エディスが座っているはずの座席に彼女の姿はなく、その隣のカリンが客席側の出入り口の方を気にするように何度も頭を巡《めぐ》らせているところを。

　エディスは途中で席を立ってしまったらしい。

　気づいたのは、『ウィルフレッド』と『エディス』が幸福そうなデートをするシーンの後だ。

　それからウィルフレッドは演技の間は集中しようと自分を叱咤《しった》するのに、舞台袖に引っ込むと、どうしても客席の方をたしかめずにはいられなくなってしまった。

「ちょっと、あんまり頭を出さないで。客から見えるわよ」

　背中をつつかれて振り返ると、渋い顔のシェリーがいた。彼女もちょうど出番を終えて、次の出を待っているところだ。

「すまない」

「今日は可愛い奥さんが見ていて気が逸《そ》れるのはわかるけど。代役だろうと、板の上では役者なのよ、お金をもらっているんだからしゃんとなさい」

シェリーはエディスが今日観客として芝居小屋を訪れたことは知っているが、席を立ったことまでは気づいていないらしい。わざわざ教えることもないだろうと思い、ウィルフレッドはただ頷く。

エディスには、やはり舞台は観《み》ない方がいいと強く言うべきだったかもしれない。自分の身に置き換えてみても、エディスがたとえ演技であろうと、他の男と身を寄せ合っていたら、嫉妬に苦しむのは目に見えている。

ウィルフレッドが本職の役者であればお互いの覚悟も違っただろうが、成り行きでこうなってしまっているのだから、割り切ることができない。

(それに、今日は何か……雰囲気が妙だ。いつもどこかピリピリする空気を感じていたのは、本番期間中の緊張感だと思っていたけど……)

どこがどうとはっきり言語化できないが、何かが起きている感じがする。

やたら大道具や小道具が壊れて、裏方の様子がいつも以上に慌ただしいせいだろうか。

「じゃ、行ってくるわね」

落ち着かないウィルフレッドを励《はげ》ますように、シェリーがぽんと背中を叩いてから、舞台上へと踊るように進み出た。彼女が主役として堂々と振る舞い、素人《しろうと》の自分を引っ張ってくれているから、何とか成り立っている舞台だとウィルフレッドは改めて感じ入る。

エディスの演技を始めるシェリーを眺めながら、自分の出番を待っていたウィルフレッドの背後で、急に苦しげな呻《うめ》き声が聞こえてきた。

「うう……」

振り返ると、シャンカール役のジェームズが腹を抱えて床に蹲《うずくま》っている。

「ジェームズ？　どうした？」

「は、腹が……痛《いて》ぇし、気持ち悪い……」

ジェームズは額一杯に脂汗《あぶらあせ》をかいている。

「くそっ、朝飯がマズかったかな……」

「大丈夫か。次の出まで十五分はある、とりあえずトイレに」

「あ、ああ、ちょっと、行ってくる。オレ、すぐ腹下すんだよな、楽屋に薬があるから、ついでに飲んでくる……」

「おい、どうしたんだ？」

ハント伯爵《はくしゃく》としての出番はあとフィナーレのみとなり、今は裏方として走り回っているワイマンが、ウィルフレッドたちの様子に気づいてそっと近づいてきた。

「何だよ、また腹下したのか。ほら便所行くぞ」

「い、いいよ、一人で行ける……悪《わり》ぃな、すぐ戻ってくるから」

忙しいワイマンに遠慮して、ジェームズは腹を押さえつつ舞台袖からトイレや楽屋のある方へと去っていく。

「大丈夫か、あいつ。……と、あんたの出だな、よろしく」

ジェームズを心配する暇もなく出番だ。ウィルフレッドはワイマンに頷いて、ひとまずジェームズのこともエディスのことも忘れてライトの下に踏み出した。

演技など生まれて初めての経験だったが、最初から特に緊張もなく舞台を踏むことができた。人に品定めされることも、望まれるまま『ウィルフレッド・スワート』を演じることも慣れている。

（父さんの望むままの『スワート子爵《ししゃく》家の跡継ぎ』にはなれなかったけど）

社交界で興味の持てない会話に興《きょう》じるふりをしていた時は閉塞感《へいそくかん》を覚えていたが、舞台の上では妙な解放感すらあった。今はエディスのため、自分たちのために彼女の悪評をこの手で拭《ぬぐ》い去ることができるかもしれないという希望で胸が高鳴る。

思った以上にこの芝居は観客に受け入れられ、すでに『エディス・ハント』は卑劣な悪徳医師に陥《おとしい》れられた悲劇の令嬢として、ファンの中で語られ始めている。取材に来てくれた顔見知りのタブロイド紙記者カトラーから、芝居を見た若い女性がエディスの墓参りをしているという話を聞いて、苦笑してしまった。

墓の下は勿論《もちろん》空っぽだ。仮死状態だったエディスを盗み出した墓荒らしは、他ならぬウィルフレッドなのだ。

結局エディスの死亡はなかったことになったのだが、その後墓は取り壊されることもなく放置されているようだった。

『ウィルフレッド・スワートの墓はどこだって、スワート家を問い詰めようとする輩《やから》もいるみたいだぜ』

カトラーはそうも言っていた。表向きには病の療養のため寝たきりになっているウィルフレッドは、本当はすでに死亡していると、芝居を見た人たちの多くが信じている。

(とにかく今日の公演を終えたら、エディスを抱き締めよう)

彼女はきっと他の女性とラブシーンなんてやらないでほしいとは口が裂けても言わないだろうし、ここでウィルフレッドが舞台を下りるわけにもいかない。言葉で納得してもらうより、自分が誰より愛しているのは君だけだと態度で示すことがきっと一番だ。

そんなエディスへの想いを込めて、目の前のシェリーに芝居上の『ウィルフレッド』として愛を囁く。観客席から若い女性の悲鳴のような溜息が上がるのが聞こえた。美しい悲恋にみんな酔い痴《し》れている。

だが幸福だった恋人としての時間は終わり、エディスはシャンカールによって毒殺され、『生ける屍』として夜な夜な街を彷徨《さまよ》っては人々を怯《おび》えさせる存在となった。

そんな彼女を唯一ウィルフレッドだけが贋物《にせもの》だと気付き、糾弾《きゅうだん》する。

シェリー演じる贋エディスとの直接対決のシーンまでを終え、場面転換のためにウィルフレッドは一度舞台袖に引っ込んだ。

と、また、やけに周囲が騒がしい。真っ青を通り越して真っ黒な顔でウロつくワイマンの腕をウィルフレッドは摑んだ。

「何があった？」

「ジェームズの奴が消えちまったんだ！」

「え？」

腹痛を訴えてトイレに駆け込んだはずのジェームズが、まだ戻ってきていないらしい。

「便所にも楽屋にもいねえ。あいつ、芝居見た客から小屋の外でも本物のシャンカール扱いで罵倒《ばとう》されるって、最近気に病《や》んでたんだよな。ストレス溜まると腹下して逃げたがる悪い癖があったけど、まさか本番中に行方晦《くら》ますなんて……」

ただごとではないと、ウィルフレッドは直感した。いや、役を持っている人間が上演中に姿を消したのだから、異常事態なのは当然だ。が、それ以上の違和感がある。ジェームズは愚痴《ぐち》を言いつつシャンカール役に熱心だったし、少なくとも、緊張で怖《お》じ気《け》づいて逃げ出したなんてことはありえない。

「とにかくジェームズを探させてる間、シェリーには次のシーンを一人で繋ぐよう伝える。シャンカールと贋エディスとの会話シーンだが、死霊魔術師も引っ込めて、シェリーの独白風にすれば間は持つだろ」

　さすが長く劇団をやっているだけあって、ワイマンがすぐに打開策を講じた。たしかに次は、シャンカールが贋エディスの診察をするふりでハント家を訪れ、少し会話をするだけのシーンだ。「シャンカールはこう言っていた」と前置きして、シェリーがシャンカールの台詞《セリフ》を言えばどうにか体裁《ていさい》は整うだろう。シェリーは自分の出演する場面の台詞であれば、他の役者の分も覚えているはずだった。

「だがその次のシーンはどうする？　『ウィルフレッド』がエディスの兄と会話をする横で、シャンカールが自《みずか》らの目論見《もくろみ》を語る場面だ。さすがにあそこをシェリーだけで回すには、不自然すぎる」

「そうなんだよなあ、くそ……っ。ジェームズが見つからなけりゃ、ライをぶん殴ってでも舞台に立たせて俺がプロンプにつく。他の誰でもいい、とにかくシャンカールとして引っ張り出すから、あんたはそのつもりで演技を続けてくれ」

「――わかった」

　シャンカール不在で無理矢理芝居を続けるより、突然代役になる方がまだマシだ。最悪ワイマンがシャンカールとして現れても平然と演技するぞと自分に言い聞かせ、ウィルフレッドは自分の出番を待って再び舞台に向かった。

　すでに舞台上にはベッドが用意され、エディスの兄エドワード役の男が力なく横たわっている。エドワードはウィルフレッドが近づくのを見ると、身を起こして微笑み、咳《せ》き込んだ。ウィルフレッドは慌ててエドワードの枕元に駆け寄る。

「大丈夫か、エドワード」

「……っ、やあ、珍しいなウィルフレッド。君が僕の見舞いにくるなんて……」

現実のエドワードとウィルフレッドが顔を合わせたことも、滅多になかった。エドワードは生まれつき病弱で、郊外で静養《せいよう》している時期も多く、社交界ではほとんど姿を見ていない。エディスと婚約した後も、取り立てて見舞いに行くようなことはなかったから、ここは完全に架空のシーンだ。

『エドワード』は自分だけではなく、生前のエディスも時々具合を悪くして、その前に必ずシャンカールが診察していたということをウィルフレッドに告げた。

そして今、両親であるハント伯爵夫妻や弟も不調を訴え、シャンカールの治療を受けるたびにむしろ悪化していくことも。

「何かがおかしいんだ。すべてあの医者が我がもの顔でこの家をうろつくようになってからだ」

エドワードが病床《びょうしょう》から必死に訴えかける。

現実のミド・シャンカールは親の代からハント家の主治医としてしょっちゅう屋敷を訪れていたし、エドワードの療養のためにタウンハウスや他の別荘についていくこともあった。だが、突然現れた怪しい医者という設定にしておいた方が、よりシャンカールに疑惑が集まるだろうという計算だ。

「わかった。医者のことは、僕が調べる」

力強く言うウィルフレッドに、エドワードがほっとしたように頷くと、再び眠りに就《つ》いた。

エドワードの眠るベッドに当たっていたライトが落とされ、今度は舞台の反対側が明るくなって、贋エディスの笑い声が響いた。

「ああ、面白い。ハント伯爵も夫人も倒れて、あたしの兄さんとかいうのはあんたの薬で寝たきり。弟のナヴィンはまだまだ子供だし、ハント家の財産はすっかりあんたの意のままね、シャンカール先生」

舞台の中央に衝立《ついたて》があり、その向こうがハント伯爵の執務室という設定だ。

そこに贋エディス、シャンカール、死霊魔術師がたむろして、悪巧《わるだく》みについて語る。

ウィルフレッドはエドワードの部屋を出たあとすぐに帰らず、ハント家の屋敷で何かしら悪事の証拠を掴もうと、気配を消して廊下を歩いているというようにふるまった。

(ジェームズは戻ってきたのか？　それとも代役が立ったのか、あるいはまたシェリー一人で演技を続けるしかないのか……)

シャンカールの言うべき台詞を再びシェリーが口にしているが、ジェームズが戻ってきても具合が悪くてろくに喋《しゃべ》れない場合、代役の負担を減らすために台詞を変えている場合、どちらの可能性もあるので、ウィルフレッドには衝立の向こうがどうなっているのかまだわからない。

何があろうと、巧《うま》く立ち回らなければ。さすがに今ばかりはウィルフレッドも少々緊張した。

「まったくこの屋敷の人間は間抜けばかりで仕事が楽だったよ」

ようやく、シャンカールの台詞が聞こえる。

ジェームズの声ではない。が、ウィルフレッドにも聞き覚えのある声だ。

ライでもないし、ワイマンでもない。端役《はやく》の誰かか、裏方が引っ張り出されたのか。

「……？」

執務室の前を通りがかったウィルフレッドは、話し声を聞きつけて不審げにしながらドア越しに聞き耳を立てる。

その演技を、ウィルフレッドはまったくの素の状態で行《おこな》った。

——待て、と心臓がおかしなふうに鳴る。

この声。聞いているだけで全身の産毛《うぶげ》が逆立《さかだ》つような、不快な感触。

「医者だと言えばこちらの思惑なんて何ひとつ疑わず、赤ん坊がミルクを飲むみたいに薬をごくごく飲み干すなんてさ」

台詞の大筋は合っているが、言い回しや抑揚《よくよう》のつけ方がこれまでのシャンカール役とまったく違う。悪徳医師らしく、低い声で少し勿体《もったい》つけたように話すという、胡散臭《うさんくさ》さたっぷりの役どころだったのに。

「もうちょっと危機管理意識ってものを持った方がいいんじゃないかねえ」

「……！」

やけに楽しげで、妙に浮き世離れした、およそ医者とも思えないような言動。

「シャンカール……!?」

衝立の横から舞台の向こうを見て、ウィルフレッドは愕然《がくぜん》とした。

そして目を疑う。

シェリーの向かい、死霊魔術師役の隣、伯爵の執務机の上に腰を下ろして足を組み、楽しげな顔を客席に向けているのは、ミド・シャンカールだった。

役柄上の、役名としてのシャンカールではない。

正真正銘、ミド・シャンカール本人だったのだ。

(馬鹿な……馬鹿な、どういうことだ!?)

ウィルフレッドは動揺を隠せなかったが、芝居の上でもシャンカールたちの悪事を耳にして怒りに打ち震えるシーンだったから、客たちはどれほどウィルフレッドが驚いているのかまったく気づかなかっただろう。

「はい、これ、エディスお嬢様のだけど、あたしの趣味じゃないからあんたにあげるわ。好きな女にでもくれてやったら？」

蓮《はす》っ葉《ぱ》な口調で言いながら、シェリーが手にした首飾りをシャンカールに差し出す。前のシーンでウィルフレッドがエディスにプレゼントしたという小道具だ。

「私の趣味でもないな」

シャンカールがそれを床に放り投げると、「ひどい」「なんてことを」「やめて！」、と客席から憤《いきどお》りの声が上がった。客たちは皆、エディスとウィルフレッドの味方のつもりで、芝居に夢中になっている。

「ああまったく、ハント家の奴らだけじゃなくて、どいつもこいつも無知で浅はかな愚《おろ》か者だらけだ。すぐに煽情的《せんじょうてき》な噂ばかり信じたがる」

半年前に行方を晦ました時と変わりない姿のまま、シャンカールが哄笑《こうしょう》する。子供のようなはしゃぎ方だった。

「ちょっと目新しい話があればすぐ飛びついて、『あなただけが知る真実』なんて言われてのぼせ上がって。利用されているとも知らずに――」

「それがあんたの目論見でしょ、ご主人様」

シェリーは戸惑ったふうもなく自分の台詞を口にしているが、シャンカールの台詞はまたウィルフレッドの書いた台本とは違う。

少なくとも『あなただけが知る真実』などという文句はなかった。

(何のつもりだ)

とにかく落ち着けと、ウィルフレッドは自分に言い聞かせる。シャンカールが何のために舞台に立っているのかさっぱり見当がつかなかったが、少なくとも『ミド・シャンカール役』を演じるつもりはあるのだろう。ただ芝居を滅茶苦茶にしたいだけであれば、そんなことはせず、今すぐ暴れ回ったり、叫んだりでもすればいい。

（だとしたら、とにかくこちらも『ウィルフレッド役』として、幕が下りるところまで持っていかないと）

客席には、シャンカールがエディスを殺し、自分の利益のためにハント家を乗っ取ろうとしているということは、充分に伝わっているはずだ。

シャンカールがこれ以上余計なことをしないうちに、さっさと話を進めてしまおうと、タイミングを見計らった。

（最悪の場合、ワイマンには悪いがこの公演が台なしになっても、シャンカールを拘束《こうそく》する）

何をしでかすかわからない男だ。相手からこちらの前に現れた以上、放っておくことはできない。

「――それにしても、これは本当によくできた人形だな、死霊魔術師――いや、ヒューゴ」

今しも衝立を取り払って執務室に足を踏み入れようとしたウィルフレッドは、シャンカールが高らかに言い放った名前に、愕然とした。

脚本上、死霊魔術師には名前をつけず、当然ヒューゴの名は出していない。なのにシャンカールは大声でそれを口にした。

（いや、どのみち『ヒューゴ』は偽名だろう。ヒューゴがエディスの大伯父《おおおじ》を名乗って回っていたわけではないし……）

「まさか君の正体が、エディス・ハントの大伯父だとは、誰も思うまいよ！」

「……ッ!?」

シャンカールの台詞は止まらず、アーサー・リードがあえて隠した真実を、この場にいる人々に知らしめようとしている。

「待て――」

「まさかその上！　ハント伯爵夫人が、陰で死霊魔術を操るおぞましい一族の血を引いていたなんて！　まさかまさか、メッセル家がそんな怪しい稼業《かぎょう》を裏でやっていただなんて！」

ウィルフレッドが止めに入ろうとしたが、遅かった。シャンカールは舞台の上にいるにしても大仰《おおぎょう》な、芝居がかった調子で客席に向けて両手を広げ、大声で言ったのだ。

観客がざわめいている。芝居の筋書きが変わっていること、そしてシャンカール医師の言葉の不穏さに、混乱し始めている。

「どういうこと、あの死霊魔術師がエディス・ハントの大伯父……？」

「ねえ、ひょっとして『血の伯爵令嬢』やら『神に背《そむ》いた』やら言われてるのって、そういうことだったの……？」

「じゃあエディスって女は、死んでから自分の身内に魔術で蘇《よみがえ》らせられた、やっぱり生ける屍ってわけなのかよ」

まずい流れだった。いつもであれば、シャンカールの目論見を知った観客たちは義憤《ぎふん》に駆られ、「真実を知らしめなければ」と沸き立ち、「ふざけるな、シャンカール！」と野次《やじ》までを飛ばす。

なのに今は、シャンカールの言うことこそが真実だと疑い始めているようだった。

（そうか、さっきのシャンカールの台詞）

『ちょっと目新しい話があればすぐ飛びついて、『あなただけが知る真実』なんて言われてのぼせ上がって。利用されているとも知らずに――』

あれはウィルフレッドの書いたこの芝居を指していたのだ。ウィルフレッドが都合の悪い事実を隠し、シャンカールにすべての悪を押しつけようとしていることに気付き、やり返そうとしている。

彼がわざわざ『シャンカール』を演じているのはそのせいだ。舞台に部外者として乱入し、ただ事実をわめき立てても、客は「おかしな男が意味のわからないことを言っている」と聞く耳を持たないだろう。

だがこの芝居の中で起きたことであれば、客は信じる。信じるように、ウィルフレッド自身が脚本を創《つく》り上げてしまった。

（まずいぞ）

ウィルフレッドは内心焦《あせ》る。今日も評判を聞いた新聞や雑誌の記者が客席にいる。記者たちは売り上げのため、シャンカールの言ったことをさらに派手に脚色し、あることないことを書き立てるに決まっている。

「あら、この死霊魔術師の名前だとか正体だとか、そんな話、あったかしら？」

さすがに流れが妙だと女優の勘で察したのか、シェリーが軌道《きどう》修正を試《こころ》みている。

シャンカールはシェリーに向けて、にっこりと笑った。

「人形の君は、何も知らなくていいさ。私が言うとおりに振る舞いなさい」

「……そう」

シェリーは大人しく頷いた。何かしらのトラブルがあり、シャンカール役の交代と共に、このシーンも急遽《きゅうきょ》脚本を変えたのだと納得してしまったのだろう。

「――そうはさせないぞ、シャンカール！」

ウィルフレッドは改めて執務室に飛び込む演技で、シャンカールの前に進み出た。

「エディスの大伯父がどうのと存在もしない人間をでっちあげて、ハント家の評判を地に落とし、伯爵夫妻をノイローゼにして、よりいっそう自分がハント家の財産を好き放題できるように企《たくら》んでいるのか！」

流れは変えさせない。シャンカールの悪行《あくぎょう》はこれまでの公演と同様、真実として広めてやる。

シャンカールが再び口を開く前に、ウィルフレッドは台詞を続けた。

「そんなこと、絶対に許すものか。かならず真実を問い詰め、その罪を暴《あば》いてやる！」

ウィルフレッドの脚本通りの台詞を聞いて、照明係が舞台上から明かりを落とした。

◇◇◇

再び照明が灯《とも》った時、舞台の中心にはウィルフレッドとエディスの侍女役《じじょ》の二人きりが立っている。

シャンカールが引っ込もうとしないので、シェリーと死霊魔術師役が力尽《ず》くで舞台袖に押し込む姿は、ぎりぎり観客の目に入らずにすんだ。

「ウィルフレッド様、こちらを」

侍女はウィルフレッドに小さなガラス瓶《びん》を手渡した。ウィルフレッドは客席に見せつけるように、瓶を頭上にかざす。

「これは……」

「エディス様がシャンカールに飲まされていた薬です。以前、飲み忘れていたものを、あとで返そうと思ったまましまい込んでいたのを思い出して」

侍女が険《けわ》しい顔で、客席の方へと進み出る。

「今この屋敷をうろついているあの女は、決してお嬢様ではありません。あの女は体温もなく、汗もかかず、呼吸も瞬《まばた》きもしていない。けれど、決して生ける屍などではありません。あれは……ただの、人形です！」

観客たちは舞台上の緊迫感につられるように、息を詰めている。これまでどおりの反応だ。

シャンカールは大人しく舞台袖に引っ込んでいるようで、乱入してくる気配はない。

「実は僕も、エドワードのところから薬を取ってきた。ナヴィンや伯爵夫妻の薬も頼めるか？　別の医師に、どんな薬なのかを調べてもらう。ただ、シャンカールたちはとても卑劣《ひれつ》な奴らだ。もしかしたら君の身にも危険が及ぶかもしれないが……」

「やります。エディスお嬢様のためですから」

侍女がきっぱりと言い切り、走り去っていく。

（本物のカリンの姿もない……）

ウィルフレッドは客席に顔を向けた時に、さり気なくエディスたちが座っていた辺りに視線を走らせた。エディスばかりではなく、カリンも席を立っていることを確認する。

（よりによって、俺はここから最後まで出突《ず》っ張りだ）

エディスがただ、自分とシェリーの演技を見たくなくて席を立っただけであればいいのだが、それをたしかめることもできない。

もしも彼女がシャンカールの悪巧みに巻き込まれているのだと想像すると、心臓が締め上げられたように痛む。

どうにかウィルフレッドの足を舞台上に留めたのは、「カリンであれば、エディスに何かあった場合、今日の舞台をぶち壊すことなど厭《いと》わず、自分を呼びに来てくれるだろう」という信頼だった。世界で自分の次にエディスのためを思って動いているのはカリンだろうという確信。

舞台上で、ウィルフレッドは台詞のないままあちこちを走り回る。侍女から新たに薬瓶を受け取り、こっそりハント家に忍び込んで書類を漁《あさ》りと、シャンカールに対する調査を続けているシーンがめまぐるしく続く。

場面は病院のシーンに移る。ウィルフレッドの向かいには、白衣を着たいかにも医師然とした老人の男。現実にはいなかった架空の人物だ。

「ウィルフレッド、君が持ってきたこの薬、すべて同じものだということがわかった。遅効性《ちこうせい》のある毒物だ」

「毒物……」

「これを飲んだ者は気力と体力を失い、飲み続けるうちに少しずつ衰弱《すいじゃく》して、やがて死に至る。傍目《はため》には原因不明の病《やまい》にでも罹《かか》ったかのように」

「──尻尾《しっぽ》を摑んだぞ、シャンカール！」

暗転、すぐにまた場面が切り替わり、再びハント伯爵の執務室の中で、ウィルフレッドの目の前には贋エディス、死霊魔術師、そして──シャンカールが立っている。

「もう誤魔化《ごまか》しは効かないぞ、シャンカール。貴様は人を救う医者などではなく、人道《じんどう》から外れた人でなしだ」

「やれやれ、ひどい言い種《ぐさ》だなあ」

ウィルフレッドの糾弾に、本来ならばシャンカールが馬脚《ばきゃく》を露《あら》わし、悪鬼《あっき》の如《ごと》くウィルフレッドに襲いかかってくるシーンだ。

しかしシャンカールは飄々《ひょうひょう》とした態度で笑っている。

「人道に悖《もと》るというのなら君の方も同じじゃないかい、ウィルフレッド。後ろ暗いことはすべて隠して、人にばかり罪を押しつけて――」

「言い逃れはよせ。おまえが何を弁解しようと、証拠はここに揃っているんだ」

ここでウィルフレッドが言い負かされれば、今日の観客たちはシャンカールの言い分をすべて鵜呑《うの》みにしないまでも、この芝居が今日まで積み上げてきた『真実』を疑うようになるだろう。

ウィルフレッドはシャンカールの台詞を強引に遮《さえぎ》るように声を上げ、手にした書類の束《たば》を掲《かか》げた。

「これを警察や議会に提出すれば、おまえは確実に逮捕される」

「証拠、ねえ。本当にそんなものがあればの話じゃないかい？」

――現実で、一度警察に捕まったはずのミド・シャンカールは、証拠不十分のために釈放された。シャンカールの用意した薬を調べたところで、死に至るような毒性が確認できなかったのだ。

そして彼は、そもそもハント家の財産など狙っていない。この男はただの偏執狂《へんしゅうきょう》だ。ヒューゴの死霊魔術や、自分の作った薬が他人にどう影響を与えるかを実験して、面白がっている。

「すでに警察を呼んでいる。逃げようとしても無駄だぞ」

「だからさ、何の罪状《ざいじょう》で私を捕まえようっていうんだ？　舞台を乗っ取った罪？」

シャンカールはもう演技をしていない。もう台本に掠《かす》りもしない。シャンカール本人として、ウィルフレッド本人に語りかけていた。

それをはっきり悟《さと》って、ウィルフレッドは舌打ちしたくなった。

この際、芝居の筋がおかしくなっても構わない。シャンカールに好き勝手なことを喋らせる方が最悪の展開だ。

「あの男を捕まえてくれ、あいつが元凶なんだ！」

ウィルフレッドはシャンカールを指さし、シェリーと死霊魔術師役の男に向けて言った。

だが二人とも動かない。当然だ。彼は『ミド・シャンカール』、この芝居の犯人役。元凶なのはわかりきっているが、彼を捕まえるシーンはもう少し先だ。

「君たち、そこの間抜けな坊やを捕まえるんだ」

シェリーと死霊魔術師役はむしろ、シャンカールの命令を聞いて、ウィルフレッドの方に近づいてきた。二人がかりで羽交《はが》い締《じ》めにされ、動きを押さえ込まれてしまう。シェリーの力は大したこともないが、死霊魔術師役の劇団員は非力だったヒューゴと似ても似つかないほど大柄で力強く、ウィルフレッドにはその腕を解《ほど》くことができない。

舞台の端では、老医師が警官を相手にシャンカールを捕まえるよう訴えるシーンが同時進行で始まっている。老医師は必死にシャンカールが作った毒物について、贋エディスについての説明をするが、警官は「老いぼれがどうかしちまった」と相手にしない。老医師と警官の噛み合わないやり取りはコミカルで、客たちは緊迫したウィルフレッド対シャンカールとのギャップに大受けして、笑い転げている。

「――やあ改めまして、久しぶりだねウィルフレッド」

観客の爆笑の渦《うず》の中、シャンカールがウィルフレッドに身を寄せ、薄笑いを浮かべながら口を開いた。

「それともアーサー・リードと呼んだ方が都合がいいかな？　ともあれ元気そうで何よりだ」

「何のつもりだ、シャンカール」

ウィルフレッドは間近でシャンカールを睨《にら》み据《す》える。

「何のつもりって、そりゃあ、私は『ハント伯爵令嬢シリーズ』の大ファンなんだよ。あの純真の塊《かたまり》みたいなエディスが、いかに悪女として描かれるか、どの芝居も楽しみにして、どの芝居も腹を抱えて笑っているんだけどさ」

シャンカールが上機嫌に語る。どうかしてる、とウィルフレッドは吐き捨てた。元凶の男が、姿を消して何をしているのかと思えば、エディスの評判を傷つけるような芝居を面白がって観て回っているなど。

（やはりこいつは人でなしだ）

「ちょうど隣町に滞在していた時、ここでも令嬢ものをやるって宣伝してるじゃないか。しかも『ハント伯爵令嬢の真実』なんてタイトルで、一体どんな真実を捻《ひね》り出してくれるんだろう、ぜひ応援したいなと思って、稽古を覗きにきたら――君やエディスの姿があった。しかも偽名なんて使って。私がどれほど笑い転げたかわかるかい？　未だに腹が筋肉痛なくらいだ」

「……」

小声でやり取りを続けるウィルフレッドとシャンカールに、シェリーたちが困惑気味な様子になってきている。だがウィルフレッドはそれに構う余裕がない。

「大道具に細工したり、道具を隠したのは貴様か」

「まあね、ちょっとしたご挨拶《あいさつ》代わりに。何度かこっそり稽古場にお邪魔したってのに、君らまったく気づかないんだから、ガッカリしたよ。だから少々悪戯《いたずら》をね」

初日を前にして稽古場は常に慌ただしかったが、ウィルフレッドやエディス、カリンであれば、シャンカールの姿を一目見ればそれとわかる。シャンカールは「まったく気づかない」などと小馬鹿にした調子で言っているが、人目につかないよう身を隠しながら、くだらない嫌がらせをしていたに決まっている。

「コーヒーに毒を入れたのも悪戯――嫌がらせの一環か」

「ああ、それは私じゃないな。ほら今、下手《しもて》側の袖にいる、端役の娘だよ」

「え?」

まったく予想外の答えに、ウィルフレッドは眉を顰《ひそ》めた。

「君の前に主役をやってた、何ていったっけ、まあ何でもいいや、あの品のない男。あれに弄《もてあそ》ばれた挙句《あげく》、主演女優に乗り換えられたって酔っぱらいながら泣いてるのを酒場で見かけたから、相談に乗ってやったんだ。ちょうど試したい薬があってね。一晩で十歳くらい老《ふ》けるってやつだったんだけど、効果はあんまりだったかな。せいぜい五歳ってとこだ」

「……外道《げどう》め……」

「『シャンカール』役の男に差し入れを渡してくれたのもその娘だ、下剤入りだってことまでは知らないだろうけどね」

シャンカールは一切悪びれることなく、笑いながら話している。

「せっかく君が君役で舞台に乗ってるなんてとんでもなく愉快な状況で、私だけ観客に甘んじるなんてつまらないだろ?」

「ねえあんたたち、何の話をしてるのよ? ご主人様、あたしは何をすればいい?」

ぼそぼそと話し続けるウィルフレッドとシャンカールに痺《しび》れを切らしたのか、シェリーが大きな声で割って入った。老医師と警官役たちは、すでにシーンを終えて袖に引っ込んでいる。

本来の流れであれば、老医師がようやく警官を引き連れてハント家にやってくるのと入れ替えに、ウィルフレッドを叩きのめしたシャンカールたちが屋敷の外に逃げ出してしまうところだ。

　しかしここで、おめおめとシャンカールたちを逃がすわけにはいかない。

（だが、どうする。シェリーたちにどう説明したって、俺が『ウィルフレッド』である限り協力してくれるわけがない）

　ウィルフレッドは、舞台の上で、一人焦りを募《つの》らせた。

◇◇◇

（ああ、一体、どうしたらいいの？　ウィルフレッドは大丈夫なの？）

　舞台の片隅で、エディスは為《な》す術《すべ》もなく、ウィルフレッドとシャンカールのやり取りに聞き耳を立てていた。

　本物のシャンカールを舞台上で見た時は、つい悲鳴を上げそうになった。

　一体なぜそんなことになっているのかにエディスの理解は及ばないが、とにかく、あのシャンカールが『シャンカール』役として舞台に立っているのだ。

（シャンカール先生は、私やウィルフレッドを恨んでいるのかもしれない）

　特にウィルフレッドだ。エディスが『生ける屍』になってしまった事件について、彼が真相を突き止めたのだから。

ウィルフレッドさえいなければ、ヒューゴの死霊魔術と自分の医術について、興味本位の実験を続けられたのにと、不貞腐《ふてくさ》れて逆恨みしているかもしれない。

ミド・シャンカールというのはそういう男なのだ。

（この後は……シャンカール先生と死霊魔術師に置き去りにされた『贋エディス』が、ウィルフレッドを誘惑して味方に引き入れようとするけれど、ウィルフレッドに拒《こば》まれて、その間に『侍女』が持ち出した短剣が『贋エディス』の体を貫《つらぬ》く――）

そこでシェリーと『エディス人形』が素早く入れ替わり、人形に戻ったエディスとウィルフレッドだけが舞台上に残される……という流れだ。

脚本の通り、侍女役の女性が短剣を背中に隠して、そっとウィルフレッドたちの方へと近づいている頃かもしれない。

エディスは入れ替わりの準備のために、執務室のソファの陰で箱に入れられ、折り畳《たた》まれて、隠されている。舞台上の声は聞こえるが、各々《おのおの》の動きまでは見えない。

「ねえあんたたち、何の話をしてるのよ？　ご主人様、あたしは何をすればいい？」

台本にはないシェリーの台詞が聞こえる。ウィルフレッドとシャンカールは役を離れて言い争いを続けているから、流れを戻そうとしているのだろう。

「ねえ、見て、誰か警官を連れてくるわ！」

台本通りの台詞に戻った。贋エディスが窓の外に老医師と警官の姿を認めて声を上げたのだ。

（その台詞が出たら、シャンカール先生と死霊魔術師が舞台袖に下がる……）

とにかくシャンカールに、ウィルフレッドから離れてほしかった。何をしでかすかわからない。何をするつもりもなく、シャンカールがここにいるはずがない。

恐怖のために、今はあるはずのない心臓が速まる錯覚を覚えるエディスの近くに、誰かが近づいた。きっと陰に潜《ひそ》んだ裏方だ。シェリーが舞台袖に引っ込むと同時に、エディス人形を舞台に投げ込むためのタイミングを計り始めている。

思ったとおり、エディスを閉じ込めていた箱の蓋《ふた》が開いて、裏方の顔が見えた。

ヒューゴ《ライ》であってほしいと思ったが、そこにいたのは別の劇団員だ。

「ええと、エディスが走り出したら、こいつをウィルフレッドに向けて放り投げて……あれ、シャンカールたちは何で動かないんだ？」

ぶつぶつと段取りを口の中で呟き、訝しげに首を捻りつつ、裏方の男がエディス人形の体をそっと持ち上げて箱から出した。

そのおかげで、舞台の様子がエディスの視界にも入る。

正面にウィルフレッドの姿が見えるが、彼の方はエディスに気づいていない。当然だ、彼はまだ、人形にエディスが入ってしまったことを知らない。

ウィルフレッドの向こうに、彼の体を押さえつけるシェリーと死霊魔術師、さらに奥に短剣を客席に見えるようちらつかせている侍女。

そしてウィルフレッドの正面には、エディスに背を向ける格好で、シャンカールが立っていて——。

（え？）

シャンカールの背中を見て、エディスは血の通《かよ》っていない全身が凍るような想いを味わう。

正しくは、シャンカールが背中に隠している注射器を見て、だ。

（な、何、あれは？）

あんなの、小道具で見た覚えがない。台本にそんなト書《とが》きもないはずだ。

（——まさか、あの薬⁉）

エディスはすぐに、答えを思いついてしまった。

エディスがアイミアによって飲まされた、そしてアイミア自身も飲み干した、あの、『愛する人を忘れる薬』。

（ウィルフレッドの記憶から、私の存在を消すために）

シャンカールが報復を考えているのであれば、一番効果的な方法だ。

それが何よりエディスとウィルフレッドを苦しめる。その様子は、シャンカールにとってはたまらなく面白い見世物になるだろう。

（駄目、止めなくちゃ）

ウィルフレッドへの恋心を忘れてしまっている間、エディスは何か大切なものを失った気がして、とても悲しく、辛《つら》かった。

あんな思いをウィルフレッドにさせるわけにはいかない。

そしてエディス自身も、ウィルフレッドに愛されなくなるなんてことを、耐えられるわけがない。

(で、でも、やっぱり動けない……！)

手足をばたつかせようとしても、身動《みじろ》ぎすら叶わない。

とにかくシャンカールの注意を惹《ひ》くために、後でどれだけ人々から怪しまれるかもしれなくても、大声を出そうと覚悟を決めた時。

「すぐに警察がやってくるぞ！」

突然、若い男の大声がその場に割って入った。

ウィルフレッドやシェリー、シャンカールも、不意を突かれて驚いたようにその声の主に視線を向ける。

エディスも、自分の真横を駆け抜けていった人影を、反射的に目で追いかけた。

「ライ!?　おまえ、何やってんだ!?」

慌てたように小声で言ったのは、エディス人形を抱える裏方の男。

そう、舞台に駆け込んできたのはライ、いや、ヒューゴ――というよりも『老医師』だった。

老医師の衣装を身にまとい、ふさふさの付け髭《ひげ》で口許《くちもと》を飾ったヒューゴが、シャンカールを指さす。

「もう逃げられないぞ、悪党め。おまえがエディス嬢やハント家の人々に毒を飲ませたことも、その財産を我が物にしようとしていることも、全部警察は信じた！」

本来ならば、老医師はシェリーとエディス人形が入れ替わった後に、警官役を引き連れて現れる段取りだ。

だからウィルフレッドは、どこか戸惑った顔でライを見ている。

（ウィルフレッドはまだ、ライの正体がヒューゴだって知らないんだもの……！）

知っていれば、ヒューゴの意図を察してくれただろうに。

（ヒューゴは、シャンカール先生を捕まえようとしているんだわ）

この場ではエディスにだけ、それがわかった。ヒューゴはこれ以上シャンカールが勝手な振る舞いをしないよう、身柄を拘束しようとしているのだ。

当惑する役者陣の中で、真っ先に我に返ったのはシャンカールだった。

「ああ――そうか、やっぱり。もしかしたら君なんじゃないかと思っていたよ」

心から可笑《おか》しそうに、シャンカールが笑い声を上げる。

ヒューゴの『稼業《かぎょう》』を知る彼は、つい先刻までとは違う役者が演じる老医師の正体が誰であるのか、理解したようだった。

「じゃあ、さっさと用事を済ませて退散するとしよう」

後ずさる振りをするシャンカールを見て、ウィルフレッドが焦ったようにもがく。体を押さえつける死霊魔術師とシェリーを力尽くで押し遣った。

「待て、シャンカール！」

束縛《そくばく》を解かれたウィルフレッドが、シャンカールに飛びかかる。

シャンカールが背中に隠した注射器を握り直した。

「ウィルフレッド！」

エディスは思わず大声で叫んでいた。

「えっ？」

エディスの声を聞いたウィルフレッドが動きを止め、目を見開いてエディス人形へと視線を向ける。

「──エディス？」

ウィルフレッドが人形の中のエディスに気づいた。

だがそのせいで、隙ができてしまう。

シャンカールが嬉々《きき》として注射器を持つ手を後ろに引き、ウィルフレッドに突き刺そうとする動きを見せた。

悲鳴を上げるエディスの側《そば》に、ヒューゴが素早く駆け戻ってしゃがみ込んだ。

早口でとても聞き取れない言葉を呟いている。

それを耳にした瞬間、ぶわっと、猛烈な力が自分の『中』に入り込むのをエディスは感じた。

「ろくに道具もないし支度する間もなかったから即席の魔術だが、しばらくは動く」

ウィルフレッドは寸前でシャンカールの意図に気付き、どうにか注射器から身を逸《そ》らして避けている。闇雲《やみくも》に振り回した手に当たった小道具の燭台《しょくだい》を握って、何度も繰り出される注射器を打ち返していた。

ウィルフレッドとシャンカールの攻防に、ワッと客席が盛り上がる。

(体が動くわ！)

ヒューゴのおかげだろう、エディスは人形の手足がまるで自分の手足のように感じられるようになった。

思い切って立ち上がると、客席からさらに盛大な歓声と拍手、指笛までが聞こえてくる。

「すげぇ、人形が動いたぞ！」

「どうなってるの⁉」

「糸だろ、糸！」

そんな観客の声など、エディスの耳には入らない。何としてでもシャンカールの魔手《ましゅ》からウィルフレッドを守らなくてはと、二人の動きに目を凝《こ》らす。幸い今は人形の体だ。代わりに毒を受けようが体を引き裂かれようが、死ぬ心配もない。

（二人の間に飛び込んで、ウィルフレッドに抱きついて盾《たて》になる！）

走り出しかけたエディスの足許に、何かが勢いよく滑り込んできた。

注射器だ。シャンカールがウィルフレッドの首に突き立てようとしたのを、燭台が弾《はじ》いて、ここまで飛んできたのだ。

ヒューゴがそれを迷いなく靴の底で踏み躙《にじ》り、砕《くだ》く。

これであの薬を打たれる危険はなくなった。

エディスは思い切って、客席の方に人形の体で向き直った。

観客たちは、わけもわからないままに沸き上がり続け、囃《はや》し立てる声が芝居小屋中に響き渡っている。

「私が本物のエディス・ハントよ！」

エディスが生涯でも初めてというくらいの大声を張ると、ものすごい拍手が湧いた。

何だかよくわかんねーけどいいぞ！　と誰かが叫んで、さらに歓声が大きくなる。

エディスはその歓声に押されるように、シェリーを指さした。

「あなたは余所《よそ》の劇団から来た雇われ女優！」

「え？　ええ」

人形に指さされるという状況に気圧《けお》されたように、シェリーがこくこく頷く。

「そして私はこの死霊魔術師……」

次にエディスは背後を振り返るが、ヒューゴが少し慌てたように死霊魔術師役の男を顎《あご》で指すので、エディスも慌てた。

「じゃなくて、ええとそちらの方の死霊魔術によって、魂をこの人形に押し込められたの！」

「エディス――君なのか？」

ウィルフレッドが、喰い入るようにエディス人形をみつめながら問う。

演技ではないように見える様子に、エディスはにっこりした。

「ええ」

笑みの形に変わった人形の顔を見て、観客から笑い声が上がる。

気にせず、エディスは今度、シャンカールの方を向いた。

「私は全部知っているのよ、シャンカール先生」

「やあ、君も久しぶりだね、エディス。社交界の銀百合《ぎんゆり》が、随分と不細工になってしまったなあ」

シャンカールはちっとも動じていない。満面の笑みで、悠然《ゆうぜん》とエディスを見返している。

「悪事を全部白状して、世間にお詫《わ》びしてください」

シャンカールに再び会うことがあれば言ってやりたかった言葉が、自然とエディスの口を衝《つ》いて出た。

「別に、いいよ？　私は私の研究成果が世に出せるならその方が嬉しいんだ。本当は王都を立ち去る前にそうしてやろうと思っていたのに、シスコンで姪《めい》馬鹿のヒューゴが、絶対にやめろ、でなければおまえの魂もその辺の屍体《したい》に放り込んでやるぞとか脅《おど》すもんだから」

エディスはヒューゴを振り返った。ヒューゴはなぜかばつの悪そうな表情になっている。

「俺は俺自身が面倒なことに巻き込まれたくなかっただけだ」

シャンカールとヒューゴの言葉を聞いて、ウィルフレッドが小さな声で「あっ」と叫んだ。彼もまた、老医師の正体を悟《さと》ったのかもしれない。

シャンカールがわざとらしく、大きく首を振った。

「よく言うよ。私は本当に偶然だったけれど、ここに君がいるのは、どうせ例によって例の如く、エディスをストーキングした結果なんだろ？」

「そ、そうなの？」

そういえば、今さらだが、なぜヒューゴがライとして劇団にいたのかを、エディスは疑問に思った。

偶然と考えるにはさすがに不自然すぎる。

「だからそういう話は後だ、おいそこの侍女！」

エディスの問いかけを阻《はば》む勢いで言うと、ヒューゴが「どうしたらいいのかわからない」という顔で突っ立っている侍女役を指さした。

「この医者を捕まえるぞ、おまえの主人の仇《かたき》だ！」

「⁉　は、はい⁉」

侍女は大仰《おおぎょう》に驚くが、とにかく芝居を続けられると見て取ったのか、すぐに頷いてシャンカールの方へと駆け寄った。

ヒューゴとウィルフレッドもシャンカールの体を押さえにかかり、エディスもそれに参加する。

「ちょっと！」

シェリーはあくまで『贋エディス』としての演技を貫こうとしているのだろう、シャンカールを庇《かば》うように、ヒューゴの腕を引っ張った。

「ライ、あんた、こんなに引っかき回してどうすんのよ。ワイマンに張り倒されるわよ！」

演技を続けながらも小声で咎《とが》めるシェリーに、ヒューゴが『ライ』の表情を作って彼女を見返す。

「シェリーさん、こいつジェームズの代役なんかじゃない、楽屋荒らしなんです。貴方《あなた》の楽屋の小銭入れもちょろまかしてた！」

「何ですって⁉」

ヒューゴの口から出任せを、シェリーは咄嗟《とっさ》に信じたようだった。

「冗談じゃないわよ、このこそ泥《どろ》！」

冷静であればこそ泥が役になりきっているように見える状況はおかしいと気づいただろうが、

今日の舞台がおかしいことだらけのせいか、疑う様子がない。シェリーはシャンカールを庇うふりを続けながらも、ヒューゴやウィルフレッドたちが捕まえ易《やす》いように、さり気《げ》なく協力してくれた。

五対一だ。シャンカールはあっという間に床に伏せて押さえつけることができた。

「まさか君に裏切られるとはね、ヒューゴ」

シャンカールがせめてもの抵抗とばかり、聞こえよがしにヒューゴの名を大声で口にする。

ヒューゴはシャンカールの頭を押さえながら、肩を竦めた。

「ふん、元より利害関係が一致していたから手を組んでいただけで、友情でも何でもなかっただろう、俺たちの間にあったのは」

「ま、そりゃそうだ」

「これ以上、エディスの人生を引っかき回すようなことはさせない」

何が可笑しいのか、シャンカールは声を立てて笑った。

「けど残念、私は誰より面白可笑しく生きていたいから――」

シャンカールが、素早く右手をズボンのポケットに突っ込んだ。気づいたエディスが押さえるが、人形の力ではまったく役に立たなかった。

「ヒューゴ、君が忘れるとしたら、サラかな？　それとも、生きているエディス？」

シャンカールの手には、二本目の注射器が握られている。

「ヒューゴ！」

シャンカールの動きにも悲鳴染《じ》みたエディスの声にもまったく動揺せず、ヒューゴは軽い仕種でシャンカールの手首を押さえると、力尽くで方向を変えさせた。

非力だったはずのヒューゴの馬鹿力までは予測していなかったのか、シャンカールが驚いたように目を瞠《みは》る。

「……ッ」

抗《あらが》おうとするシャンカールの首に、あまりにも容易《たやす》く注射器の針が刺さった。

ヒューゴがその中にあらかじめ注がれていた液体を、注射棹《かん》を押してシャンカールに打ち込む。

息を詰めてエディスたちが見守る先で、シャンカールはもう抵抗することもなく、ぐったりと床に倒れ臥《ふ》した。

「――鎮痛剤を打ったから、これで大人しくなるだろう」

今さら、ヒューゴが年配の医者らしく威厳のある声で言った。

それでウィルフレッドが我に返ったようだった。立ち上がり、死霊魔術師の方を指さす。

「死霊魔術師、貴様も逃がさないぞ」

「えっ、あっ、はい」

ぽかんとした様子で一連の流れを突っ立ったまま見ていた死霊魔術師役の男が、ウィルフレッドに睨まれて間の抜けた調子で頷いた。

「ああ、どうやら、ようやく警察が来てくれたようだ」

そのウィルフレッドの台詞を合図のように、ガヤガヤと警官たちの声と足音が舞台袖から聞こえる。

ヒューゴは全身を弛緩《しかん》させて目を閉じるシャンカールの体を、死霊魔術師、侍女を促《うなが》して、一緒に持ち上げた。

次にシェリーに視線を向ける。

「あんたも。死霊魔術なんてありもしない法螺話《ほらばなし》につき合って、詐欺《さぎ》の片棒を担《かつ》いだんだから、一緒に警察に来なさい」

シェリーが助けを求めるようにウィルフレッドを見上げる。

ウィルフレッドが小さく頷いて見せると、「そういう流れになったのね」と納得した様子で、項垂《うなだ》れた。

老医師のふりをしたヒューゴと侍女、本物の悪徳医師と『自称』死霊魔術師、そして『二人の詐欺師に加担した女優』という役どころになったシェリーが退場すると、舞台上にはエディス人形と、ウィルフレッドの二人きりが残された。

（ええと……すっかり筋書きが変わってしまったけれど、どうしたらいいのかしら……）

贋エディスが侍女の短剣に体を貫かれ、人形と入れ替わった後は、暗転するまで床に転がっていればいいだけの予定だったが。

そして舞台上にウィルフレッドと共に残されるのは侍女で、『……ありがとう。彼女ではないと頭でわかっていながら、僕にはこの人形を『殺す』ことができなかった……』

『あんな贋物が目の前にいることの方が、私には許せません』

という会話を交わした後に侍女は立ち去り、ウィルフレッドは墓地へと辿《たど》り着く。

結局はエディスを失ったままだという現実に耐えきれずに、シャンカールの毒薬をすべて飲み干して命を絶ち、魂だけとなったエディスと再会し、幕――。

(『エディス人形』がこうして元気に立っていたら、そうはならないわよね)

しかも勝手にシェリーを『詐欺師の仲間の女優』という扱いに、エディス人形の中に入っているのは本当のエディスということにしてしまった。

「――本当に君なんだね。まるで神の起こした奇蹟のようだ」

どう取り繕《つくろ》うのか頭を悩ませるエディスに向けて、ウィルフレッドが告げた。

つい数分前までエディス人形の予想外の動きに爆笑していた客席が、ウィルフレッドの優しい、だが悲しげな微笑みと囁きにしんと静まりかえる。

エディスも瞬時《しゅんじ》にして、そんなウィルフレッドに心を奪われてしまった。

(……って、駄目よ、みとれてる場合じゃないわ、エディス)

うっとりとウィルフレッドに身を寄せたくなる衝動を堪《こら》え、相手の演技に合わせようと再び頭を働かせる。

「そうね、きっとこれは、神様のお慈悲《じひ》なんだわ。愛する人に、最後に一目会わせてくださるため——でも私、もう、死ぬみたい。いいえ、とっくに死んではいるんだけど……」

足許をふらつかせ、ウィルフレッドの方に倒れ込むと、当然のように相手の腕がエディス人形の体を抱き止める。

ウィルフレッドは人形を抱えたまま、床に膝をついた。

「待て。待ってくれ、いかないでくれ、エディス」

切迫したウィルフレッドの言葉に、覚えがある。

（私が本当に、『サラ』の器《うつわ》から消えかけた時……）

「いいの、もう。一度死んだのに、もう少しだけ、生きられたんだもの」

エディスの中に、記憶と感情が溢《あふ》れるように戻ってくる。あの時と同じ言葉をウィルフレッドに向けた。

「待てったら！　終わらせないでくれ、そんな」

「愛してくれて嬉しかった。……さようなら……」

「エディス！」

悲痛な声でエディスの名を呼びながら、ウィルフレッドがエディス人形の体を抱きしめる。

「……無事に自分の体に戻っておいで、俺のエディス」

最後に囁いたウィルフレッドの声音は、限りなく優しく、どこか悪戯《いたずら》っぽくも聞こえた。

ウィルフレッドの顔が視界いっぱいに近づく。目を閉じようと思ったところでボタンだけの瞳に瞼《まぶた》はなかったたし、どのみちエディスは相手にみとれすぎていて、目を閉じるつもりも起きない。

ウィルフレッドの唇が、そっと、赤い糸の縫《ぬ》い取りで作られたエディス人形の唇に触れる。

（──あ）

いつかと同じ感覚がする。これで三度目だ。

元の、自分の体に、魂が吸い寄せられていく感じ。

「エディス、ああ、エディス……」

人形を抱きしめて、ウィルフレッドが大袈裟《おおげさ》に嘆《なげ》く。観客席からも啜《すす》り泣きの声が上がっている。

「泣かないで……」

演技だとわかっているのにウィルフレッドの泣き声は悲痛に聞こえて、エディスは自分も泣きそうになりながら、涙の出ない人形の体に別れを告げた。

7

一瞬の暗転ののち、目映《まばゆ》い光が視界いっぱいに差し込む。

「んんっ」

眩《まぶ》しくて、エディスは目を細めた。

ぼやけた視界に、ひどく心配そうな眼差しでこちらを覗き込むカリンの顔が映る。

「カリン……？」

どうやらここは楽屋か控え室で、『エディス』の体はカリンの膝の上に頭を載せて横たわっていたらしい。

「――。おかえりなさいませ、奥様」

エディスが名前を呼ぶと、カリンは急にいつも通りの愛想《あいそ》のない表情に戻って、ぶっきらぼうにそう言った。

エディスはその変化に、つい笑みを零《こぼ》してしまう。

「心配かけてごめんなさいね、カリン」

不機嫌にも見える頬に指先で触れてエディスが言うと、カリンが珍しく困ったような表情になって、頷いた。

その時、遠くから凄《すさ》まじい勢いの拍手が湧く音がした。

エディスはカリンの手を借りて、ゆっくりと体を起こす。

「ああ、幕が下りたのね……」

指笛の音や、ウィルフレッドの名前を叫ぶ女性客の悲鳴のような声が、楽屋にまで届いている。

あまりにも波瀾《はらん》に満ちた舞台が、ようやく終わったのだ。

◇◇◇

「別にストーキングしていたわけじゃない。まあ、ただ、シャンカールがエディスでまた妙な実験でも始めようとしたらまずいと思って、おまえたちが王都を出たあたりから様子をそっと見守り続けてはいた」

「それをストーキングって言うんじゃないの」

ヒューゴの告白を聞いて、カリンがぼそりと呟いた。

無事とはとても言えないが、とにかく昼公演の幕は下り、夜公演が始まるまでの休息時間。

エディスは舞台から戻ってきたウィルフレッド、ヒューゴを楽屋に迎え入れた。倒れたエディスをカリンが看病するという形で借りたのは、いくつかある楽屋のうち、舞台から最も離れた小さな部屋だ。

シェリーや他の劇団員たちもおのおの楽屋で休んだり、昼食を取ったりしているだろう。

「何だか胡散臭《うさんくさ》いと思ってたんですよ、このライとかいうヘラヘラした男がやたら奥様につきまとうから」

カリンは出会った当初からヒューゴのことが気に喰わないようで、『ライ』に対しても随分辛辣《しんらつ》だ。

「エディスに危害を加えるかもしれない相手に関して、カリンの嗅覚《きゅうかく》はすごいな」

ウィルフレッドは感心したように言っている。ヒューゴは仏頂面《ぶっちょうづら》だ。

見た目は以前とまったく違っていても、そんな表情をしていると、「やっぱりヒューゴなんだわ」と改めてエディスは実感した。

「危害なんて加えてないだろう、俺は。前回も今回も」

「今回は、かなり助けられました。前回の罪滅《つみほろ》ぼしなんだろうなと思って、礼は言いませんが」

ウィルフレッドはウィルフレッドで、ヒューゴに対してどこか冷淡に見える。

たしかに今度のことではヒューゴの助力がかなり役立ったが、以前は彼自身もシャンカールに騙《だま》されていたとはいえ勝手にエディスの魂をサラの器《うつわ》に入れたり、それを黙って他人のふりでエディスに近づいたりと、振る舞いが真摯《しんし》だったとは言えない。

ウィルフレッドもカリンも、そんなヒューゴに反発心を持っているのだろうとエディスは推察する。

（私は、身内だからかもしれないけれど、ヒューゴのことはあんまり恨んでないわ）

毎度毎度、もう少し早く正体と事情を明かしてくれたら、こちらも心構えが出来るのにと思いはするが。

「ヒューゴは、ウィルフレッドがワイマンさんの劇団に戯曲を書くと知って、裏方として潜《もぐ》り込んだの？」

たしかめたエディスに、ヒューゴが頷く。

「何を目立つことをやっているんだ馬鹿者がと思いながらな。まったくおまえたちは、素性《すじょう》を隠して平穏な生活を送るためにこんな田舎町で暮らしてるんじゃないのか？　人の噂なんて半年もあれば廃《すた》れる。現に王都では『生ける屍』の噂など風化《ふうか》しかけていたのに、この舞台の評判を聞いた物好きな客がエディスの墓に押しかけたりするものだから、またぞろ話題になりかけているようだぞ」

「好き放題言われている間に、エディスが耐えなければいけないいわれもない。たとえ一時期鎮《しず》まろうとも、また何を切っ掛けに、しかも鳴りを潜《ひそ》めていた間に余計歪《ゆが》んだ形になった噂が噴出《ふんしゅつ》しないとも限らない。だったら早いうちに訂正なり修正なりする方がいいに決まっている」

ヒューゴの苦言《くげん》にウィルフレッドがきっぱりと言い返し、カリンも同意見なのか大きく頷いている。

「おまえはそれでいいのか、エディス。無駄に蒸し返されたようなものだぞ」

問われて、エディスはヒューゴに対して困った微笑《ほほえ》みを返した。

「ウィルが私のためを思って噂を払拭《ふっしょく》しようと頑張ってくれたのよ、嬉しいだけに決まってるでしょう？　それに――戯曲の作者としてだけじゃなくて、役者としての活躍まで見られたんだもの。とっても、幸せだわ」

「……」

ヒューゴが、処置なしとでも言いたげに額《ひたい》を押さえてから、気を取り直すように頭を振った。

「まあいい、今日の公演は滅茶苦茶だったが、最終的にシャンカールが悪人で、エディスが被害者という図式は変わらず終えられたんだ」

「そうだわ、ヒューゴは、シャンカール先生が稽古場に入り込んでいたことには気づいていたの？」

シャンカールが自分たちを狙っていたことをウィルフレッドが話してくれたが、エディスはあの医者が間近にいる危険性に、まったく気づいていなかった。

自分に向けられた視線だけは感じていて、ライの正体を知る前は、彼のものだろうかと疑ってすらいた。

（あの視線は、ヒューゴじゃなくてシャンカール先生だったのね）

ヒューゴが見守ってくれていたのだとしたら、あんなふうに敵意や憎しみを感じる視線になるわけがない。

「はっきり姿を見たわけでもないが、『もしかしたら』と疑ってはいた。あの男ならそれくらいやりかねん、どうやっておまえたちの居所を突き止めて、つきまとったり……」

「実際やっていた人が言うんだから、説得力がありますね」

カリンが冷たく言い放ち、ヒューゴは少しやりづらそうに眉を顰《ひそ》めたが言い返しはしなかった。

「確信したのは、チェスターが毒を飲まされた時だ。だからできる限りエディスのそばにいてやりたかったが、何しろ有能な裏方ライがワイマンに雑用ばかり頼まれて、チェスターを運んだりする方に駆り出されたから焦《あせ》った。――まあ、おまえたちがいるから、大丈夫だろうとは思っていたが」

ウィルフレッドとカリンを見て言うヒューゴは、なぜかとても不本意そうだ。

「それで、シャンカール先生はどうするの？」

気を失ったシャンカールは念の為に手足を拘束《こうそく》し、別の部屋に放り込んであるという。

「今病院や警察に連れて行けば、劇団に迷惑がかかる」

訊ねたエディスに答えたのは、しつこく繰り返されるカーテンコールを終えてから、率先《そっせん》してシャンカールの手足を縛り上げたというウィルフレッドだ。

「あの薬で死なないことは、君もわかってるだろう？」

「そうね……しばらく眠り込みはするみたいだけど」

アイミアの場合はそうだった。エディス自身も、あの薬を彼女に飲まされたあと、死んだように気を失ったが、実際には仮死状態のまま生き続けていた。

「じゃあ、警察……に連れて行っても、無駄なのよね。お芝居と違って、特にハント家の財産を狙った詐欺師《さぎし》というわけではないのだし。大道具への細工で怪我をした人もいないし、チェスターさんに飲ませた薬について訴え出ると、マリアさんまで捕まってしまうかもしれない……」

端役《はやく》のマリアは、自分がチェスターの恋人だと信じ込んでいたが、エディスやシェリーを口説《く》く姿を見て弄《もてあそ》ばれていただけだと気づいて、傷つき、恨みを抱いていた。

そんな彼女の存在に、劇団をこそこそと覗き見していたシャンカールが気づいて近づき、親切を装《よそお》って「浮気をしなくなる薬」と嘘をついて、実験台代わりに「十歳老《ふ》ける薬」を手渡した。シャンカールの指示通りチェスターのコーヒーに薬を混ぜて飲ませたマリアは、予想以上の大事になり、毎日生きた心地がしなかったと、事情を聞きにいったウィルフレッドたちに打ち明けたという。

「ああ、彼女はシャンカールさえ唆《そそのか》さなければ、そんな馬鹿なことはしようもなかったはずだ。

シェリーのように、一発腹にでも喰らわせて、すっきりして終われたかもしれないのに」

シャンカールが楽屋荒らしと教えられ、自分が彼に利用されたと気づいたマリアは、泣きながら罪を詫《わ》び劇団を辞めると言い出したが、今一人でも手が減っては困るというワイマンに強く引き止められ、残ることにしたらしい。

「シャンカールの十歳老けるとかいう馬鹿な薬の効用は一時的なものだ。あれを飲んで生き延びたんなら、しっかり休めばチェスターの見た目はそのうち元に戻るはずだ」

そう言ったのは、ヒューゴ。

「俺と一緒にいた頃にも実験していた。そもそもは、ヤバいことをして追われている時にでも飲めば、追っ手の目を誤魔化《ごまか》せるとかいう、くだらない思いつきで作ろうとしていたものだ」

「……本当、あのシャンカールって――野郎は――だわ」

カリンが自分には聞き取れないスラングを言ったようだったので、エディスは丁重に聞こえなかったことにする。

「やっぱりマリアさんを巻き込むのは気の毒すぎるし、結局、シャンカール先生については、また無罪放免にするしかないのかしら……」

不安がるエディスの様子に、ヒューゴとウィルフレッドがなぜか目を見交わし、頷き合った。

「見てみるか?」

そう訊ねてきたのは、ウィルフレッド。

「え？　ええ」

よくわからないままに頷くと、ウィルフレッドが手を差し出してきたので、エディスはそれに摑まって立ち上がる。

シャンカールはすぐ隣の楽屋の床に、縄《なわ》で手足を縛られた状態で転がされていた。

最初にヒューゴがそのそばに行き、目を閉じているシャンカールの肩を揺する。

「おい。――おい、起きろ」

ヒューゴの呼びかけに、シャンカールはすぐに目を開けた。

エディスは思わずウィルフレッドの背中に隠れる。ウィルフレッドも、シャンカールの視線からエディスを庇《かば》うように抱き締めてくれた。

「……ん……？」

少し寝惚《ねぼ》けた様子で呟いてから、シャンカールが眉根を寄せる。

「うん？　何だ、これ？」

手足が縛られていることが不思議らしい。まだはっきりと目が覚めていないのかしらと、エディスは固唾《かたず》を呑んでシャンカールの様子を遠巻きに見守る。

シャンカールは、困ったような顔でヒューゴを見上げた。

「ええと……、君は、誰だい？　で、ここは……、……というか……」

首を捻《ひね》りながら、シャンカールが戸惑ったふうに辺りをきょろきょろと見回している。

すぐ横に舞台化粧をするための鏡台《きょうだい》があり、鏡に映った自分の姿を見て、ますます怪訝《けげん》そうな顔になった。

「ぼくは、誰?」

「……⁉」

もういいだろう、と呟いて、ウィルフレッドが目を見開くエディスの体を抱いたまま、出口の方に歩いていく。

「ウィル、どういうこと……?」

エディスの問いに、ウィルフレッドが名状《めいじょう》しがたい表情になった。

「あの薬は、『最も愛する人を忘れる薬』だろう?」

「ええ」

「シャンカールが世界で最も、もしかしたら唯一愛していたのは、自分自身だ」

「――」

シャンカールの薬を飲んで、エディスは最愛のウィルフレッドへの恋心を失った。

アイミアはエディスの存在を記憶から消した。

そしてシャンカールは、自分自身のことを忘れてしまったのだ。

「……何だか気の毒な男ですね、いろんな意味で」

廊下に出たエディスたちの後ろで、カリンがぽつりと呟く。

エディスも同感だ。

「あいつは当分薬が抜けないだろうし、よからぬことをするモチベーションも失っているから、今は自発的に動く気力もないようだ」

エディスたちに続き、最後にヒューゴも元の楽屋に戻ってきて、そう言った。

ウィルフレッドが頷く。

「警察に突き出すにしても、身元不明の記憶喪失者として保護を頼むのがいいかもしれない。あとはそちらに任せれば、救貧院《ワークハウス》にでも放り込まれるだろう。自分が医者であることも、死霊魔術師《ネクロマンサー》であるヒューゴのことも、エディスのことも全部忘れてしまったのなら、もう俺たちに妙なちょっかいを出そうとすることは二度となくなる」

ウィルフレッドの言葉に、エディスは少し首を傾《かし》げた。

「でも……今はすべて忘れてしまったとしても、また興味を持って、医術なり死霊魔術についてなり、一から学び始めるということも、あるんじゃないかしら」

すべてを忘れてしまったエディスが、ウィルフレッドと再会して、改めてまた恋に落ちたように。

「ああ。だからおまえたちは、公演が終わったらこの町から離れた方がいいとは思うぞ、俺は」

ヒューゴが言った。シャンカールはおそらくこの土地の救貧院に入れられるだろうから、意図せず顔を合わせるようなことがないように、そうするべきなのだろう。

「たしかにその方がいいんだろうが……」

ウィルフレッドは少し渋い顔になっていた。

「身分の保証のない俺たちがあの家を借りるために、随分な金額を前払いしてあるんだ。住処《すみか》さえあればどうにかなるだろうと、先行投資のつもりで」

「そうよね、あの家を借りるのも大変だったし、また別の街に移動して、改めて家探しをして契約してもらえるようにして……って考えると、少し気が重いわ」

「なら、俺がこの男を別の街の救貧院にぶち込んでおいてやる」

ヒューゴがそう申し出た。

「万が一こいつが再び倫理に悖《もと》る悪行《あくぎょう》をするつもりになっても、俺がそばにいなければ、少なくとも誰かが『生ける屍』になるようなことはなくなるだろう」

たしかにヒューゴの死霊魔術がなければ、今後シャンカールが医術に興味を抱いたところで、これまでのような企《たくら》みを持つことはできない。

「だから約束するが、二度と俺がシャンカールと組むことだけはない。それに――二度とおまえたちの前に姿を見せるつもりもない」

呟くように言ったヒューゴに、エディスは驚いた。

「そんな。たまには会いに来てくだされぱいいのに」

ヒューゴはただ肩を竦《すく》めただけで、ウィルフレッドとカリンも無言のままだ。

その時、楽屋のドアをノックする音が聞こえたあと、ワイマンが顔を見せた。

「何だおまえら、昼も喰わずにこんなとこにいたのか。ちゃんと喰わないと、夜公演も頑張ってもらわないとならないんだからな」

小言のようなことを言うわりに、ワイマンはひどく機嫌がいい。

「さっきの昼公演、すっげぇ評判だぜ！　途中何がなんだかわからなかったが、やけに迫力のある芝居だって、客も大興奮だ」

そういうワイマンこそ興奮気味で、エディスは何とも言えない表情でウィルフレッドと視線を交わした。

「――で、あのシャンカール役をやってた男は、一体なんだったんだ？　結局ジェームズがカーテンコールの頃までみつからなかったから、助かったけどよ」

ジェームズは荷捌《にさば》き用の部屋の陰で昏倒《こんとう》していた。本人はトイレに入ったところで腹痛のあまり気を失ってよく覚えていないと言っていたが、幸い目が覚めてからは元気で、夜公演には復帰できそうだという。

「あいつは楽屋荒らしですよ」

素早くライになりきったヒューゴが、しれっとそう答える。

「正体がバレそうになって逃げ込んだ先が舞台上だから、必死で誤魔化そうとしたんでしょう。僕やリード先生は気づいたから、何とか捕まえたんです。盗《と》られた小銭は全部取り返して、充分痛めつけて、二度とやらないって言質《げんち》も取りましたから」

「ふうん、そうか。ま、そんなことで警察呼んで騒ぎにするのも何だしな」

ひたすら機嫌のいいワイマンは、細かいことなどまったく気にしないという様子だった。

まさかあれが生ける屍の令嬢の主治医だったミド・シャンカール本人だとは——そもそも本物のエディス・ハント、ウィルフレッド・スワートに侍女《じじょ》のカリン、そのうえ死霊魔術師までこの場に揃っていることなんて、想像もつかないだろう。

「でさ、リード先生、夜からの公演も、さっきみたいな筋書きでやってもらえねえか。ほら、特に最後の捕《と》り物のドタバタが派手でよかったろ。あ、今までのもまとまりはよかったと思うけどな?」

ワイマンは、今後も先ほどのような滅茶苦茶な流れで公演を続けたいらしい。

そっとエディスが見上げると、ウィルフレッドが苦笑気味に頷く。

「じゃあ今後ともその流れで上演できるように、脚本に手を加えるよ。エディス人形をまるで生きているように動かすのは、ちょっとした工夫がいりそうだけど、それについても考える。

——別料金でよければ」

「了解了解!　ほら最初に客入り如何《いかん》でって約束した通り、追加のギャラもちゃんと支払うからさ」

似合わないウインクを残して、ワイマンが鼻歌まで歌いつつ、楽屋を出て行く。

「いいの、ウィル？　せっかく素晴らしい脚本だったのに、さっきのままじゃ、いろいろと齟《そ》齬《ご》が出たり、いろいろと台なしだったり……」

「いいんだ。とにかく悪いのはシャンカールと死霊魔術師で、エディスも俺も死んでしまったという筋書きさえ変わらなければ、問題ない。多少無理矢理な展開だろうと、臨場感と外連味《けれんみ》と客受けの方が重要だと学んだよ。さっきの公演の反応で」

たしかに昼公演の拍手や歓声は、すさまじいものだった。

エディスにしてみれば、何もかも心臓に悪いので、二度と体験したくはない舞台だったが。

「――それじゃ僕は、軽く昼を食べてから夜公演の仕込みをしてきますね」

ワイマンはすでにいないというのに、ヒューゴはライの口調のままそう言って、立ち上がった。

「ああ。夜もよろしく、ライ」

ウィルフレッドが頷く。エディスも微笑んだ。

「夜は私も裏方で手伝うわ」

「それじゃ、また」

気さくな好青年の笑顔を残して、ライが楽屋を出て行く。

――そしてそれきりライ・ブラウンは楽屋荒らしと共に劇団から姿を消し、二度と戻ってくることはなかった。

『ハント伯爵《はくしゃく》令嬢の真実』は大盛況《だいせいきょう》のまま楽日《らくび》を終えた。

「リード先生、あんた、ウチの座付き作家兼役者としてやってかないか？」

最後の幕が下りた直後、カーテンコールを呼ぶ拍手の盛り上がりを待つ間、ワイマンがウィルフレッドに向け大真面目な顔で言った。

「当分この演目で喰えそうだから、どっちかっていうと役者の方で欲しいんだけどさ。次の公演からはチェスターも復帰できそうだとはいえ、あんたの人気ものすごいから、ダブルキャストなんかで両方のファンを取り入れたりとか……」

ウィルフレッドは、最後だからと裏方までも並んだ舞台の上で、エディスと顔を見合わせた。

「頼むよ、今が機運って感じなのはわかるだろ。前も言ったかもしれんが、別の街のもっとデカい小屋から頼まれたから、やっぱりここでは上演延長せずに、そっちに行くことにした。だから今すぐにでも決断してほしいんだよ。勿論《もちろん》今度は充分ギャラは出せる。ついでに奥さんやカリンも衣装製作を手伝ってもらえたら大助かりだ、ほら、ライの奴まで逃げちまっただろ」

『ライ』はワイマンにも話をせず劇団を辞めていったらしい。しかし聞けばほとんどただ働き同然だったので、「それに嫌気が差したんだろうなあ、扱《こ》き使ってたし」とワイマンは悔やんでいた。

実際のところは、一刻も早くシャンカールをエディスから遠ざけたかったのと、正体が知られているのに好青年ライの演技を続けることに嫌気が差したんだろうなと、ウィルフレッドは察している。

（あとは……大事なエディスのそばに、自分のような死霊魔術師なんていう存在などあってはならないと思っているのか）

何にせよ、二度と会わないとヒューゴは言っていた。それが少し早くなったというだけだ。

エディスは随分寂しがっているが、ウィルフレッドは、おそらくカリンも、「そんなことを言って、どうせちょくちょくエディスの様子を遠目に見に来るんだろう」と思っている。

ともあれ、ヒューゴが宣言どおりシャンカールを連れていってくれたおかげで、ウィルフレッドたちが今の借家《しゃくや》を出る必要はなくなった。

「奥さんとカリン、二人の容姿なら女優としてだって活躍できるしな？」

そもそも主演女優とその取り巻きたちが逃げ出したことで、劇団はずっと人手不足なのだ。

シェリーも今日限りで自分の劇団に帰ってしまう。

なのでワイマンは必死にウィルフレッドたちに頼み込んでくる。

「そんなふうに、いろいろと言ってもらえるのは嬉しいけど……」

あまり目立つことはしたくない。チェスターの代役として短期間だからと割り切って舞台にも立ったが、ヒューゴに言われたとおり、素性を隠して平穏な生活を送るためにこんな田舎町で暮らしていたのだ。

作家業は当然続けたいが、世間に出るのは小説と筆名《ひつめい》だけで、ウィルフレッドやエディス自身はひっそりとやっていきたい。

ウィルフレッドはそう思っていたし、エディスもウィルフレッドの心を汲《く》んだように頷き、カリンは女優なんて冗談じゃないというようにぶんぶん首を横に振っている。

ウィルフレッドは二人に向けて頷きを返してから、ワイマンを見遣った。

「でも、役者はやめておくよ。僕も妻も、お互い以外の恋人役とのラブシーンなんて、もうできない」

「……まあ、そうかあ……」

ワイマンはひどく気落ちしていたが、今回の戯曲は彼の劇団にだけ上演権を独占的に貸し出すと約束したら、急に元気を取り戻した。

きっと似たような筋書きの芝居がこの先どんどん増えるだろうし、そうなってくれれば万々《ばんばん》歳《ざい》だが、次第にまた煽情的《せんじょうてき》なものに歪められていく予測はつく。だったらオリジナルとしてひとつだけでも残しておいた方が、ウィルフレッドたちにも都合がよかった。

千穐楽《せんしゅうらく》のなかなか終わらないカーテンコールを四度目でようやく終え、後片付けまでを手伝って、ウィルフレッドたちはすっかり濃いつき合いになってしまったワイマンたちに挨拶《あいさつ》をして芝居小屋を後にする。

他の劇団員たちが一度散らしたはずなのに、ウィルフレッド目当ての女性ファンが波のように押し寄せていた。その合間をぬってワイマンの呼んでくれた馬車に乗るのは、一苦労だった。

「ウィル、あの、しばらく……ほとぼりが冷めるまでは、家に籠《こ》もって小説を書いていてね……？」

馬車の座席の隣で、ひどく心配そうにエディスが言う。

ファンたちもまだアーサー・リードの住まいまでは把握《はあく》していないようだが、一度知られれば、公演が終わったあとでも家に押しかけてきそうな勢いなので、心配なのだろう。

「そうだな、まさかここまでの騒ぎになるとは……」

間違っても後をつけられたりしないように、馭者《ぎょしゃ》に遠回りでも頼んだ方がいいだろうか。

そう思って、箱馬車の小窓から外を見たウィルフレッドは、思わず動きを止めた。

「ウィル？　どうかなさって？」

気づいたエディスが問いかける。ウィルフレッドは慌てて小窓のカーテンを閉めた。

「――スワート家の従僕《じゅうぼく》がいた」

「え!?」

もう一度、ウィルフレッドは小窓から慎重に外を見遣る。すでに馬車は走り出しているが、こちらを指さす男二人には見覚えがあった。

「ま……まさか、あなたがアーサー・リードだと子爵《ししゃく》に知られて、連れ戻しに……？」

「わからない、それにしては早すぎる気がするけど、父のすることだしな……」

父であるスワート子爵は執念深い。自分の息子が自分の意にならないままで、諦めてくれるとは思えない。

だからこそ、何の手がかりを残したつもりもないのに、追っ手がここまで探しにやってきたのだ。

「——やっぱり、家はすぐに引き払おう。こんなところで連れ戻されるわけにはいかない。もっと名を上げて、作家として成功しないと、俺の夢も君も取り上げられてしまう」

「え、ええ……」

エディスはすでに泣きそうだ。ウィルフレッドは強く彼女の肩を抱き寄せた。

「すまない、俺の家の事情で、君を振り回すことになって。次にどこかに住めるとしても、今よりももっと粗末《そまつ》な家になってしまう」

「私はあなたと一緒なら、どこでもいいわ」

不安に瞳を揺らしながらも、エディスの口調はきっぱりしていた。

「もしあなたがスワート家に戻ってしまって、ひとりぼっちになるなら……どこだって同じよ」

ウィルフレッドは強くエディスを抱き寄せる。

箱馬車の向かいに座るカリンは顔を逸《そ》らして見ないふりをしてくれた。

――と。

「んん？」

カリンが妙な声を上げたので、エディスの銀砂《ぎんしゃ》の髪に顔を埋《うず》めていたウィルフレッドは、目を上げた。

「あっ、あの、カリンもね。勿論《もちろん》あなたも、『リード家』にはなくてはならない人で」

侍女の反応をどう捉《とら》えたのか、エディスが言い訳のように言っている。

カリンはそれを無視して、エディスの横辺りを指さした。

「奥様のカバンから、見覚えのない封筒がはみ出しています」

「え？　封筒？」

言われてみれば、エディスが手回り品や、劇団で使うための裁縫《さいほう》道具を入れているカバンの口から、素《そ》っ気《け》ない無地の封筒がはみ出している。

「何かしら、これ」

エディスにも覚えがないようだ。首を傾《かし》げながら、封筒を引っ張り出すと、その下から紙に包まれた何かの塊《かたまり》が出てくる。

塊は、はみ出しているというよりは、「挿《さ》さっている」と言った方がいいような感じでねじ込まれていた。

「えっ、ウィル、こ、これ」

エディスが慌てたように塊をウィルフレッドに突き出した。

包み紙をそっと開いて中身をたしかめ、ウィルフレッドも目を瞠《みは》る。

現れたのは、大量の紙幣《しへい》だった。

「封筒に、手紙が入ってるわ」

エディスの手にしている封筒には、『エディス人形役の女優、メアリー・リードへ』と書いてある。

そして中の便箋《びんせん》には、宛名よりも短く素っ気ない本文が。

『初舞台の祝い金だ』

封筒を裏返しても差出人の名前は書いていなかったが、勿論、この場にいた全員が誰がやったことなのかすぐに理解する。

「いや、二度と姿を見せるつもりはないって言ってたくせに、ついさっき芝居小屋を出て馬車に乗るまでの間に、奥様に近づいたってことじゃないの」

カリンが呆れたように呟いた言葉は、ほぼ一言一句、ウィルフレッドの頭に浮かんだものと一緒だった。ウィルフレッドのファンの間をぬって、さり気なく封筒をエディスの手荷物に押し込んだのだろう。

（楽日を待たずに姿を消したのは、今日までにさっさとシャンカールをどこかに押しつけて、またエディスのそばで彼女を見守るためじゃないだろうな？）

疑いというよりは、ほぼ確信しながらウィルフレッドは考えた。

「ウィル、これで次の家が借りられるわ！」

さすがに呆れるウィルフレッドの腕を、エディスが興奮気味に言って掴む。

「受け取っていいと思う？」

問われて、ウィルフレッドはすぐに頷いた。

「君への祝い金だ」

どう考えたって、受け取った方が相手が喜ぶのは間違いない。

というよりも、突き返したりしたら、どれだけ落胆することだろう、あの死霊魔術師は。

（おそらくメッセル家の血を引くエディスに、財産を譲《ゆず》るという意味もあるんだろうな……自分こそエディスの身内だという立場を誇示《こじ》するためにも）

それも憶測なので、ウィルフレッドは口には出さないままにしておく。

何にせよ、今の自分たちにはありがたい。

「よし、家に着いたらすぐに荷物をまとめよう。万が一にもさっきの二人に見つかったら面倒だ、夜のうちに街を出る」

世話になった新聞社や雑誌社、それにカトラーなど知り合いに挨拶もできないのは心苦しいが、すべてふいになるよりはずっといい。

落ち着いてから、改めて手紙でも書こうと決めたウィルフレッドは、エディスがくすくすと楽しげに笑い声を漏らしていることに気づいて、首を傾げた。

「エディス？」

「王都では生ける屍になって、今度は『女優』になって、次の街では私、一体何になるのかしら」

――一度死んでしまう前より、エディスは何だかずっと強くなった。

以前の触れれば折れそうな儚《はかな》げなエディスも愛《いと》しかったが、こんな彼女もますます素晴らしいとウィルフレッドは思う。

「怪奇小説家に、一度死んだ妻に、口の悪い侍女、ついでにどうせ今も近くでこっちの様子を窺っているだろう死霊魔術師。作品に纏《まと》めたら、盛りすぎだって読者に叱られるかもしれないな」

「あら、私はすごく読みたいわ！」

はしゃぐエディスを、ウィルフレッドは再び抱き締める。

「君とならどこへでもいけそうだ」

「ええ、どこへでも連れて行って」

また始まった……という侍女の呆れた眼差しは気にせず、ウィルフレッドは馬車が短い間暮らした家に辿り着くまでエディスのことを抱き締め続けた。

きっとあなたともう一度

kitto
anatato
mouichido

『ハント伯爵令嬢の真実』の初演が幕を下ろしたその日のうちに、ようやく整い始めた『リード家』から必要最低限のものだけを荷物にまとめ、エディス、ウィルフレッド、カリンは再び旅立った。

スワート家の追っ手らしき男たちを撒《ま》くため、馬車を使い、汽車を使い、ホテルに泊まるふりで裏口から逃げ出し再び馬車で移動して——と念入りに移動できたのは、言うまでもなくヒューゴがこっそりと押しつけて行った『ご祝儀《しゅうぎ》』のおかげだ。

「念のために、俺の筆名《ペンネーム》ごと別の名前を考えよう。アーサー・リードとメアリー夫妻の名前は、父に把握《はあく》されているかもしれない」

「勿体《もったい》ないわ。私の名前はともかく、『アーサー・リード』にはもうファンだってついているでしょうに」

移動中の馬車の中、ウィルフレッドの言葉にエディスは溜息を吐《つ》いた。だがファンがついているからこそ、その名前を使い続けるのは危険だということは否《いな》めない。何しろ作家としてだけではなく、役者としての彼も、多少有名になってしまったのだ。

とにかくエディスとウィルフレッドは新たな名前を用意し、元いた街から半月ほどかけて辿り着いた港町で、どうにか次の住まいを見つけた。

前回同様、古くてこぢんまりとしているが、若い夫婦と侍女が一人暮らすには、充分な一軒家だった。

「それじゃあ、とにかくまた小説の売り込みをかけてくる」

新たな家に落ち着いたその日のうちに、ウィルフレッドはそう言って原稿を摑むと、新聞社や雑誌社を回るために出かけていった。カリンも、針子《はりこ》や子守などの仕事を探しに去っていく。

エディスといえば長旅の疲れがどっと出てしまい、何もできずに一週間ほどを寝込んで過ごしたが、ようやく元気を取り戻してからは、以前のようにカリンのお針子仕事を手伝ったり、掃除や料理を手伝ったりと、少しずつ新しい生活に馴染《なじ》んでいった。

◇◇◇

三ヵ月もすれば家の中はそれなりに住み心地よく調えられ、ウィルフレッドとカリンがそれぞれ仕事のために出かけていった昼間。

エディスはのんびりと、これから訪れる冬のための編み物などをしていた。

その時、コツコツと玄関のドアを叩く音がして、エディスは怪訝《けげん》な気分で編み棒を持つ手を止めた。

スワート家にみつかることを警戒して、エディスは今のところ必要最低限の人間としか面識を持っていない。せいぜい、この家の管理人である老人か、食品や日用品を売る近所の店の主人程度だ。とても裕福には見えないであろう家にやってくる押し売りもいない。

一人の時は迂闊《うかつ》に外に出ないよう言われているから、エディスはひとまず、訪問人を無視することにしたが――、

「いるんだろ、開けてよ。僕だよ！」

そんな声が聞こえて、エディスはひどく驚きながら、座っていたソファから立ち上がった。

慌てて玄関に向かい、ドアを開けると、声で予想したとおりの人物がそこに立っている。

「ナヴィン⁉」

「あ、本当に、姉さんだ」

姿を見せたのは、王都にあるハント伯爵家のタウンハウス、あるいは所領のマナーハウスにいるはずの弟、ナヴィンだった。

「あ、あなた、どうしてここに……⁉」

「とりあえず中に入れてくれよ、この田舎町、遠くてさ。船で酔っちゃって散々《さんざん》だ」

優しい顔立ちなのに無愛想《ぶあいそう》な物言い、姉を姉とも思わないような図々しい態度は、まさにナヴィンそのものだ。たしかにどことなく具合が悪そうな蒼白い顔で言いながら、ナヴィンがエディスを押し退《の》けて、ずかずかと家の中に入り込んでくる。

「ねえ、なぜここがわかったの？　あなた、一人で来たの、ナヴィン？」

「従僕たちは港の食堂で適当に待たせてるよ、姉さんはここにいるって知られたくないだろ」

ナヴィンは先刻までエディスが座っていたソファにどさりと腰を下ろし、片手で目許《めもと》を押さ

えながら、吐き気を堪《こら》えるように天井を仰いでいる。

「居場所は、カリンってメイドの家を当たったんだよ。仕送りに郵便を使っただろ、そこからどうにかして足跡を辿《たど》って……」

エディスとウィルフレッドは偽名を使っていたが、カリン・クーパーはそのままの名前を使い続けている。クーパー家はあまり裕福ではない小作農《こさくのう》で、その娘であるカリンが伯爵令嬢の侍女に宛《あて》がわれたのは、エディスが『生ける屍』だったから——つまり取るに足らない家の取るに足らない子供だったからだ。正直、ハント家の誰かが、彼女を自分の侍女に任命したことなど、誰も覚えていないとエディスは思っていた。

（そうだわ、だからカリンに仕送りを勧めた時も、差し出しの住所は伏せてもらったけれど、名前はそのままの方がおうちの方《かた》に怪しまれずにすむんじゃないかって……）

迂闊だった。自分やウィルフレッドではなく、カリンから居場所を辿られるなんて、思いも寄らなかったのだ。

「ああ、別に姉さんを連れ戻しに来たわけじゃないから、安心しなよ。父さんも母さんも、どっちかって言うと帰って来られた方が困るだろうから」

「じゃ……じゃあ、あなた、何しに来たの？」

「……ひどいな。弟が姉の心配して様子見に来るの、そんなに不思議？　どうせ落ちぶれきった暮らししてるだろうから、少しは足しになるようにって、いろいろ持ってきたのに」

そう言いながら、ナヴィンが上着のポケットから分厚《ぶあつ》い封筒を取り出し、どさりとテーブルの上に投げ出した。

「とりあえず、これ。他にももうちょっと現金と、あとは宝飾類だのドレスだのいろいろ船着き場に預けてるから、都合のいい時に取りに来なよ」

「え、ええ……？」

淀《よど》みなく語るナヴィンに、エディスはただただ困惑した。

（ナヴィンったら、こんなふうに気を遣えるような子だったかしら……？）

エディスが『生ける屍』として伯爵家を放逐《ほうちく》された後も、様子を見に来てくれることはあった。が、わざわざ居所を突き止め、こんな遠い街まで自《みずか》ら足を運ぶなんて、違和感しかない。

「それより、酔いが収まらなくて、吐きそうだ。水」

ナヴィンが当たり前のように命じるものだから、エディスはついつい素直に水差しの水を取りにキッチンに向かってしまった。

グラスに水を注《そそ》ぐ間に、ようやく冷静になってくる。

（――ああ、なるほど。そういうことね……）

そして『ナヴィン』がここにいる『本当』の理由に思い至って、ふう、と大きく息を吐き出した。トレイにグラスを乗せてソファに戻ると、金髪に巻き毛という以外は、自分によく似た容姿の弟を見下ろす。

「本当に、どこにでも現れるのね、あなたって人は」

「は？　何言ってるんだよ姉さん、いいから早く、水――」

「ちょうどゆうべ、ウィルやカリンとも、そろそろまたあなたと会うかもしれないわねって話をしていたところだったのよ。あなた、『二度とおまえたちの前に姿を見せるつもりもない』なんて言ってたけれど、もしかして、『ライ』の姿ではってことだったのね？」

そう、これは多分、いや絶対に、ヒューゴだと、エディスは確信した。

大伯父《おおおじ》たる死霊魔術師《ネクロマンサー》。またしても見た目を変えて、自分の様子を見に来たのだろう。

「でも、ナヴィンの姿を真似るなんて、少し趣味が悪いわ。死霊魔術師って、死体を扱うんでしょう？　まるであの子が死んでしまったようで」

「姉さん？　……何言ってるんだ？　噂通り、気でもふれたのか……？」

「え？」

てっきり「バレたか」とふてぶてしく開き直るだろうと踏んでいたのに、ナヴィンがあまりに訝《いぶか》しそうに、こちらの正気でも疑うかのような眼差しを向けてくるもので、エディスは再び混乱した。

「死霊とか、魔術とか……どこぞで評判の舞台で、そんなのが出てくるって行き道で聞いたけど……」

「ま、待って。あなた本当に、ナヴィンなの？」

「だからそう言ってるだろ。っていうか実の弟の顔を見間違えるのかよ、ひどいな」

「だってあなた、カリンの手紙からここを探し当てるなんて賢《かしこ》いこと、できるわけがないじゃない！」

思わず本音を口にしてしまってから、あまりにひどい言い種《ぐさ》かとエディスは慌てて自分の口を押さえた。

が、ナヴィンの方は気を悪くするというよりは、どこかばつの悪そうな顔になって、エディスから目を逸《そ》らした。

「そりゃ、僕じゃなくて、兄さんの入れ知恵だからさ」

「兄さん――エドワードお兄様の？」

エディスが問い返すと、ナヴィンがしぶしぶという様子で頷く。

「うちじゃ姉さんのこと心配してるのなんて、エドワード兄さんくらいだけど、兄さんは相変わらず静養中で自分じゃ動けないしさ。全部兄さんに頼まれて、僕がやったんだ」

「……そう……」

兄のやることならば、エディスにも納得がいった。浅慮《せんりょ》で気の小さい弟と違い、エドワードは思慮深く、聡明《そうめい》で、そして掛《か》け値《ね》なく優しい人だ。生来病弱なため別荘で静養していることが多く、エディスはほとんど直接言葉を交わしたこともなかったが、時折やり取りする手紙はいつもエディスを思い遣《や》る言葉ばかりが綴《つづ》られていた。その枕元には常に哲学書や難しい経済の本が積まれ、両親はたびたび「エドワードがナヴィンくらい丈夫か、ナヴィンがエドワードの半分くらい賢ければいいのに」と嘆《なげ》いていたほどだった。

「この金も、港にあるのも、兄さんの私産《しさん》。父さんたちやスワート家の人間に勘づかれるとややこしいことになるからって、全部兄さんの指示通りにやってる」

不幸中の幸いと言っていいものか、ナヴィンは自分が少なくとも兄よりは不注意であるという自覚があるらしい。

「僕は視野を広めるための旅行で家を離れたことになってるけど、まあ、どうせあっちこっちで女の子をひっかけるために好き放題してるって思われてるよ。王都じゃ『エディス・ハント』の弟ってことで悪目立ちしてて居心地悪いし、そこから逃げ出しただけだってさ」

醜聞《しゅうぶん》のために、ナヴィンはナヴィンで、苦労しているのかもしれない。

決して自分が元凶ではないと思いたいが、原因にはなってしまっているので、エディスもさすがに申し訳なくなった。

「そうだったのね。ごめんなさい、感謝します。お兄様からの荷物はありがたく受け取らせていただくわ。ウィルフレッドは今、仕事の打ち合わせのために出かけているから、戻るまでゆっくりしていって。お茶を淹《い》れ直すわね」

エドワードが手配したことなら、スワート家からの追っ手について心配することもないだろう。エディスはようやく、ひさびさに家族と再会できた喜びを感じながら、ナヴィンに向けて微笑《ほほえ》んだ。

◇◇◇

「おや、こんにちは」

郵便局で、見知った顔の老人と行き合った。今の住処《すみか》の持ち主から管理を任されている老人だ。ひどいボロ家《や》なので、傷《いた》んだ壁だの水回りだのを、時々修理に来てくれる。ウィルフレッドは老人に向けて、小さく頭を下げる。

「荷受けなら、こちらで致しますのに。なに、他の家を回るついでですよ」

老人は真っ白い髭《ひげ》と皺《しわ》だらけの顔で、愛想よく言う。街にある家のいくつかを掛け持ちで管理する働き者だ。何十年も前に病で妻子を亡くした寡《やもめ》で、以来再婚する気もなく、ひたすら管理する家の者のために身を粉《こ》にして働こうとするまるで家妖精のような好好爺《こうこうや》だと、貸主から聞いていた。

「いえ、ついでがあるので」

ウィルフレッドは素っ気なく言う。荷物の中身は、『アーサー・リード』の作品集と印税だ。『アーサー・リード』の書いた作品が、新聞社により本人の与《あずか》り知らぬところで【あの『ハント伯爵令嬢の真実』の原作者による短篇集！】というあおり付きで本としてまとめられ、新聞紙上に「作者には印税を渡したいので連絡を請《こ》う」と記《しる》されていた——という情報の載った新聞をウィルフレッドが目にしたのがひと月前。電報で新聞社と何度かやり取りをした結果、今日ようやく、本と微々《びび》たる印税が届いたというわけだ。

（念入りに偽名を使ってもらったんだ、受け取りを人任せにするわけにもいかない）

スワート家が『アーサー・リード』の正体を把握しているかがわからず、新聞社と連絡を取るのは危険だとも思ったが、エディスがどうしてもどうしてもと懇願《こんがん》するので、印税はともかくアーサー・リードの処女作品集は手許《てもと》に置いておくことにした。短い電報でのやり取りだったが、どうやら作品集は元いた場所ではなかなかのベストセラーとなり、増刷《ぞうさつ》が重ねられている気配だ。

（……いっそ『アーサー・リード』として有名になってしまえば、子爵《父さん》も俺を無理に連れ戻すことができなくなるんじゃないか？）

などと考えながら郵便局を出ようとしたウィルフレッドに、管理人の老人が近づいてきた。

「そういえばつい先刻、あなたのお宅にお客さんがいらっしゃったようですな」

「え……!?」

ウィルフレッドはぎょっとなった。このタイミングだ、嫌な予感がして青ざめる。まさか、スワート家に居場所を突き止められたか？

「奥様よりもひとつふたつ年下の方に見えましたよ。お客さんなら、急いで帰られた方がいいのでは？」

　ウィルフレッドは老人への挨拶《あいさつ》もそこそこに郵便局を飛び出した。

　——急いで戻った結果、客の正体はあまりに予想外の人間だったものの、エディス同様、ウィルフレッドもそれがエドワードの差し金だと聞いて安堵《あんど》した。

「そうか、エドワードが……」

「私も、驚いたわ。だってナヴィンにここに辿り着くような智慧《ちえ》や行動力があるなんて、誰も思わないでしょう？」

「そうだな。でも、エドワードなら納得だ。ナヴィンと違って軽々しいことはしないし、素直に妹想いだし」

「あのさ、本人《ぼく》、目の前にいるんだけど……？」

　散々な言われように、ナヴィンが不貞腐《ふてくさ》れている。それから、食卓で自分の向かいについているカリンを胡乱《うろん》な目で見遣った。ティータイムには少し遅いが、晩餐《ばんさん》には早すぎる時間、カリンの作ったスコーンとエディスの淹れた紅茶が客人に振る舞われている。

「この家じゃ、メイドも一緒にテーブルにつくのか。信じられないな」

「——旦那様が先にお戻りになられてよかったですね。不審者か、また『——』の野郎かと思って、箒《ほうき》で殴り飛ばすところでした」

　子守の仕事から戻ってきたカリンも、ナヴィンを見て真っ先にエディスと同じ疑いを持ったのだろう。スラングを交え淡々と感想を漏らすカリンに、ナヴィンはすっかり竦《すく》み上がったようだった。

「と、とりあえず、今日は帰るよ」

お茶を一杯飲んだだけで、ナヴィンはそそくさと席を立った。

「あら、泊まっていかないの？」

「いや、だって、こんなボロ……いや、狭……、……まともなホテル、取ってるからさ」

言い繕《つくろ》おうとして結局本音を漏らして、ナヴィンが「明日荷物のところに案内するから」と言い置いて去っていた。

「来てくれたのはとても嬉しいし、ありがたいけど。相変わらず落ち着きがなくて、失礼な子だわ」

ナヴィンを玄関まで見送ったエディスが、そう呟いて溜息を吐いている。

「ヒューゴかもなんて疑ったのが、本人に申し訳ないみたい」

エディスはエディスであんまりな言いようだったが、彼女が『生ける屍』になった際に彼が吐いた散々な暴言や怯《おび》えぶりをウィルフレッドも耳にしているから、庇《かば》いようがない。まあ、姉弟《きょうだい》の気安さもあるのだろう。

「僕にしてみれば、そこまでヒューゴを持ち上げることもないと思うけどな——そうだ、そんなことより、これ」

ナヴィンが来たことですっかり失念していたが、届いた荷のことを思い出したウィルフレッドが『アーサー・リード』の短篇集を手渡すと、エディスはこれ以上はないというほど喜んだ。

「本当に、あなたの本なのね！　思ったよりも立派な装丁《そうてい》だわ、嬉しい！　早速《さっそく》書棚の一番よく見えるところに並べましょう！」

本を抱き締めるエディスの涙混じりの笑顔を見て、ウィルフレッドは多少の危険を冒《おか》しても送ってもらってよかったと、自分もまた嬉しくなった。

「たくさん送ってもらったのね。あなたの分と私の分、それにカリンの分を入れても、ずいぶん余るわ」

そう言うエディスは少々残念そうでもあった。新聞社から送られてきたのは二十冊ほどだが、今のウィルフレッドが別の名前を名乗っている以上、誰かに寄贈《きぞう》することもできない。迂闊なナヴィンに渡すことも、ハント家にいるエドワードに贈ることも、避けた方がよさそうだ。

「世界中の人に、これは私の旦那様が書いた本です！　って叫び回りたい気分なのに」

「まあ、今の名前でも早く世に出られるよう、努力するよ」

そう言ってエディスを抱き寄せかけたウィルフレッドは、ふと、玄関の向こうで物音が聞こえた気がして、何気なくドアを開いた。

少し前に郵便局で別れたはずの、管理人が立っている。手に箒を持ち、家の周囲を掃《は》き清めてくれていたようだった。

「あら、ご苦労様です」

エディスが微笑みかけると、老人も愛想笑いを浮かべ「ちょっと落ち葉が気になったもんで」と言い訳がましく言い、箒を手に去っていこうとする。

ウィルフレッドは咄嗟《とっさ》に、その後を追った。

「失礼――もしよかったら、これを」

「え？　儂《わし》にですか？」

ウィルフレッドが差し出した本を見て、老人が皺に隠れて小さくなった目を見開く。

ウィルフレッドは柄にもなく、にっこりと、笑顔を作る。

「ええ。こういうの、お好きじゃないかなと思って」

「……？」

老人の方は、不思議そうに首を捻《ひね》っていた。その様子に、ウィルフレッドは今度は、多少皮肉っぽい笑みを口許に浮かべる。

「死体だの、犯罪だの、多少……大分《だいぶ》冒瀆《ぼうとく》的な内容ですが。冒瀆の塊《かたまり》みたいなあなたには、さして抵抗がないんじゃないかと」

「……」

途端、老人がそれまでの愛想の良さを脱ぎ捨てた不興《ふきょう》顔になり、チッと、舌打ちまで漏らした。

「いつ気づいた」

「さあ。少なくとも最初に会った時は、あんたじゃなかったと思ったけどな」

実際のところ、ウィルフレッドが気づいたのは今し方だった。三ヵ月も騙《だま》されていたことが癪《しゃく》だったので、思わせぶりに笑うに留めたが。

「……気の毒な独居《どっきょ》老人を看取《みと》ってやったんだ、多少のご褒美《ほうび》をもらっても罰《ばち》は当たらないだろう」

不機嫌な口調で、老人が言う。ウィルフレッドはさすがに呆れた。

「罰当たりの権化《ごんげ》が何を言ってるんだか」

「――エディスにはまだ言うなよ」

「ええ。二度と会わない、なんて言った手前、恥ずかしいでしょうから」

もう一度愛想よく微笑んで見せると、老人――以前はライとか、ヒューゴとか呼ばれていた男も、再び舌打ちする。

「ひさびさに年相応の人形を着て、なかなかしんどいんだ。あんまり酷使《こくし》してくれるなよ」

それだけ言うと、老人が箒を手に、よろよろと去っていく。老人らしく曲がったその背を見送りながら、ウィルフレッドはひとり苦笑した。

(まったく……いつか来るだろうとは思ってたけど、まさか、最初からいたとはな)

別にヒューゴとの口約束を守ってやる義理もないし、さて、では愛《いと》しの妻にさっさと真実を告げに帰ろうと、ウィルフレッドもエディスの待つ家へと戻った。

あとがき

渡海奈穂

「伯爵令嬢ですがゾンビになったので婚約破棄《はき》されました」の続きとなります。多分、そちらをお読みでないといまいち意味がわからない本になるかと思いますので、よろしければ前作の方ご覧《らん》になってからこちらをお読みいただけますと幸いです。電子配信もありますので、ご都合のいいストアよりぜひぜひお気軽にお求めください。

宣伝のような文句からはじまるあとがきですみません。

前作のご感想いただきまして、こうして続篇を書き、ふたたび文庫にまとめる流れとなりました。応援してくださった読者の方にはもう、心よりの感謝の念が尽きません。

しかし前作は前作で綺麗に書ききったと自分では思っていたので、「続き…?」と一瞬悩んだのですが、ふと「ウィルフレッドが舞台に立ち××と対峙《たいじ》する」というシーンが湧いて出た瞬間、「あ、書けるわ」と謎の確信も発生し、このようなお話ができあがりました。何でそんな発想になったかは自分でもよくわからないのですが、そもそも「ゾンビになったので」の根底にあったのが某悲劇の戯曲《ぎきょく》だったので、必然といえば必然の流れだったのかもしれません。浮かんだ通りのものを浮かんだままに書き上げられて、とても清々《すがすが》しい気分です。

今回も前作に引き続き、夏乃《かの》あゆみ先生にイラストをつけていただきました。
続篇のお話をいただけた時に何が嬉しかったって、まず読んでくださった方に続きを望んでいただけたことと、それと同じくらい、夏乃先生のエディスやウィルフレッドたちにもう一度会えることでした。夏乃先生あってこそのシリーズだったと思っています。今回もまた素敵な、素晴らしいイラストをお描きいただいて、雑誌掲載時からもうずー……っと眺めっぱなしです。本当に、本当に、ありがとうございます。

リード夫妻は今後も何かと妙な騒動に巻き込まれて当分一つ所に落ち着くことなく、あっちこっち放浪する羽目になりつつ、仲睦《むつ》まじく、侍女《じじょ》に呆れられつつ、幸せに暮らしていく予定です。そして言うまでもないことかもしれませんが、行く先々にアレがいるわけですね。もういっそリード家の一員になっちゃえばいいのに、とそのうちカリンですら思うようになる気がするんですが、謎の信念で頑《かたく》なに拒《こば》む彼でした。

そういうわけで、最初から最後まで楽しく書いたシリーズです。お付き合いいただきまして、心より、ありがとうございました。
また別のお話でもお会いできますように！

渡海奈穂

【初出一覧】
伯爵令嬢ですが駆け落ちしたので舞台女優になりました：小説Wings '21年夏号（No.112）～'21年秋号（No.113）掲載
きっとあなたともう一度：書き下ろし

この本を読んでのご意見、ご感想などをお寄せください。
渡海奈穂先生・夏乃あゆみ先生へのはげましのおたよりもお待ちしております。
〒113-0024　東京都文京区西片2-19-18　新書館
[ご意見・ご感想] 小説Wings編集部「伯爵令嬢ですが駆け落ちしたので舞台女優になりました」係
[はげましのおたより] 小説Wings編集部気付○○先生

伯爵令嬢ですが駆け落ちしたので舞台女優になりました

著者：**渡海奈穂** ©Naho WATARUMI
初版発行：2022年10月25日発行

発行所：株式会社 新書館
［編集］〒113-0024　東京都文京区西片2-19-18　電話 03-3811-2631
［営業］〒174-0043　東京都板橋区坂下1-22-14　電話 03-5970-3840
［URL］https://www.shinshokan.co.jp/

印刷・製本：加藤文明社

ISBN978-4-403-54245-9 Printed in Japan